Damskin street
est-elle une ville si tranquille ?

Louane Moura Retout

Damskin street est-elle une ville si tranquille ?

Roman

ISBN : 979-10-422-1313-8

À ma famille, à mes amies
N'oubliez pas, quand on veut, on peut, il y a toujours une issue

Personnages

Kiara : 15 ans, brune aux yeux vert marron, n'est pas sociable, a une meilleure amie, Naila. Dims, fou amoureux de Kiara, est prêt à tout pour elle. Elle a perdu son père dans un accident de voiture.

Naila : 15 ans, blonde aux yeux bleus, très sociable, meilleure amie de Kiara. Thomas est son petit ami depuis un an maintenant.

Dims : 16 ans, bruns aux yeux marron, sociable, meilleur ami de Thomas. Amoureux fou de Kiara, qui s'en fiche. Il a perdu son père et sa mère dans un incendie, il vit maintenant avec sa mamie depuis 10 ans.

Thomas : 16 ans, blond aux yeux verts, très sociable, meilleur ami de Dims. Naila est sa petite copine depuis un an maintenant.

Miraille : Professeur de Thomas, Dims, Naila et Kiara au Sciences club.

Sara : Policière, Chef, mère de Kiara.

Dania : Mère de Naila.

Tom : Père de Naila.

Nana : Mamie de Dims.

Laura : Mère de Thomas.

Daniel : Père de Thomas.

Nika et **Valentin** : Des enquêteurs.

George : Ancien ami d'Eric et collègue de Sara.

Chloé : Ambulancière, infirmière et amie de Sara.

Chapitre 1
Coraline

Annonce du lycée :

« Bonjour, ici Nathan et Lori pour les annonces du jour. Il est 8 heures, pour un début de matinée ensoleillée, maintenant, à toi Lori.

— C'est exactement ça, Nathan, aujourd'hui au menu de la cantine : lasagne, salade, banane. N'oubliez pas ! Aujourd'hui a lieu la finale de notre équipe de basket, on encourage fort nos pom-pom girls et notre équipe de basket ! Maintenant, Nathan a une annonce à vous faire.

— Oui, malheureusement, c'est une annonce moins joyeuse. Depuis deux semaines, Coraline a malheureusement disparu. Nous n'avons aucune nouvelle, la police fera une fouille dans la forêt, nous espérons tous qu'il ne lui arrivera rien. »

Thomas, Naila et Kiara sont tous les trois assis en classe de mathématiques, la salle a une allure lugubre, avec les murs délavés et le sol qui grince. Thomas se tourne vers Naila, et Kiara, à côté de cette dernière, écoute leur conversation.

— Franchement, elle a fugué, c'est évident, elle n'est pas normale cette fille ! dit Thomas.

— Arrête, Thomas, ce n'est pas drôle.

— Mais Naila !

— Elle a raison, intervient Kiara.

— Toi, Kiara, miss vampire, je ne t'ai pas parlé !

Kiara se lève et part en plein cours. Le professeur ne remarque même pas son départ précipité.

— Thomas ! Tu devrais avoir honte de parler comme ça à Kiara !

Naila part rejoindre Kiara sans que le professeur ne la remarque.

— Mais, Naila, reviens !

— Thomas, taisez-vous ! Où sont les deux qui étaient derrière vous ? demande le professeur qui a enfin remarqué leur absence.

Thomas fait partie de l'équipe de basket. Jordane est son pote, il joue également au basket. Jordane se tourne vers Thomas et met ses mains sûr le bureau de ce dernier.

— Tu sors avec la plus jolie fille du lycée, mais sa pote est la vampire du lycée !

— Jordane, je pense que si je veux que Naila ne me quitte pas, je vais devoir me rapprocher de Kiara.

— Waouh ! Tu es conscient que tu risques de perdre ta réputation ?

— Jordane, Naila est plus importante.

— Qu'est-ce qu'on ferait par amour ?

Thomas se met à rire. À midi, Naila et Kiara se mettent toutes les deux à la même table, la cantine ne fait pas très envie, les murs sont délavés, les cantiniers ne sont pas super gentils, la nourriture ne donne pas envie, le sol est crasseux et les tables collantes. Naila lance la conversation.

— Je suis vraiment désolée, je ne comprends pas son comportement à lui et aux autres.

— C'est pas grave, Naila, ils veulent juste garder leur réputation, comme toi.

— Pourquoi tu dis ça ?

— Depuis que tu es avec Thomas, tu as changé, tu t'habilles mieux, tu te coiffes mieux et tu me laisses un peu de côté.

— Je suis désolée… Je ne pensais pas que tu ressentais ça…

— C'est pas grave, au moins tu le sais.

Thomas et Dims approchent de la table des filles, posent leurs plateaux-repas sur la table et s'assoient en face des deux jeunes filles.

— On peut se joindre à vous ? demanda Dims.

Kiara regarde Thomas, d'un air surpris.

— Ta réputation, Thomas ?

— Écoute, Kiara, je suis ignoble avec toi, on l'est tous, je voulais m'excuser et ma réputation, je m'en fiche.

— Waouh ! Il t'est arrivé quoi ? demanda Naila.

— J'ai eu un déclic.

— Je te félicite.

— Merci.

Puis, les quatre amis se mettent à rigoler et commencent à déguster leur repas.

Thomas prend son air, sérieux, les mains jointes, le regard appuyé.

— Alors Kiara, Dims et toi ? demanda Thomas.

— Thomas !

— Non, t'inquiète pas, Naila, je vais te répondre, je ne sais pas.

— Ho, tu n'as pas dit non, Dims tu as toutes tes chances !

Kiara et Dims se mettent à rougir. La journée se passe comme toutes les autres, Kiara finit les cours à dix-sept heures trente.

De retour chez elle, Kiara jette son sac par terre et rejoint sa mère qui est dans la cuisine en train de boire du thé.

— Coucou, maman, dit Kiara en prenant un soda et un pot de crème glacée.

— Coucou, ma puce.

— Des nouvelles de Coraline ?

— Une de mes patrouilles cherche dans la forêt.

Kiara s'assoit sur la chaise, pot de glace à la main, soda à la bouche.

Dans la forêt. Une femme et un homme hurlent. La patrouille se dirige vers les cris.

— Que se passe-t-il ? demanda une policière.

— Nous avons trouvé Coraline, dit la femme en montrant une main sortant de sous la terre.

La policière demande une pelle à ses collègues et propose au couple de se retourner. La policière commence à creuser et découvre le corps de Coraline. Elle a un haut-le-cœur, puis elle prend son talkie-walkie et dit :

« Sara, viens tout de suite en forêt, on a retrouvé Coraline.

— J'arrive ».

Sara prend sa veste à toute vitesse, pose un baiser sur le front de sa fille.

— Il y a de la pizza dans le frigo, bisous, je t'aime, ma puce.

— Pareil.

Kiara referme la porte derrière sa mère en poussant un grand soupir, *c'est toujours pareil*, pense cette dernière. Elle prend son téléphone et envoie un message à Naila.

Kiara : 17 h 30.

« Hey ! Ma mère et sa patrouille ont retrouvé Coraline !

Naila : 17 h 40.

Euh… regarde les infos ».

Kiara prend précipitamment la télécommande et allume la télé.

« Flash info, la jeune lycéenne qui a disparu depuis maintenant deux semaines a été retrouvée morte dans la forêt. Voici le témoignage du couple qui a retrouvé cette pauvre lycéenne.

L'écran nous dévoile maintenant un couple dans la quarantaine, assis à l'arrière d'une ambulance. C'est la femme qui parle :

Nous nous promenions dans la forêt et là, nous avons vu, oh c'est vraiment horrible, pauvre fille, nous avons vu une main dépasser de la terre, nous avons donc hurlé, la police est arrivée, puis nous n'avons pas vu la suite. Mais c'était vraiment horrible.

L'écran revient montrer le présentateur.

Maintenant, la police a un message à faire passer pour les familles.

L'écran dévoile Sara, le micro à la main, ses cheveux en bataille, son visage qu'elle a toujours en service, dur, sec et sérieux.

Bonjour à tous et à toutes, je suis Sara, chef de la police. La jeune lycéenne Coraline âgée de seulement quatorze ans a été retrouvée morte. Nous allons examiner son corps qui est recouvert de coups, nous pensons que son agresseur l'a battu à mort. Je voudrais vous faire passer un message, je vous demande de ne pas faire sortir vos enfants, bien sûr, ils iront à l'école, mais ils n'auront plus le droit de se promener dans la rue, moi-même qui suis mère, je m'inquiète pour la sécurité de mon enfant. Nous renforcerons nos consignes si les soupçons de meurtre envers Caroline se confirment, merci de votre écoute.

L'écran nous montre le présentateur.

Avant que le flash info ne se termine, j'aimerais vous parler d'une nouvelle disparition. Son nom est Corentin, joueur de basket de notre lycée, seize ans, il a disparu depuis une semaine, faites bien attention à vos enfants, bonne soirée ! ».

Kiara se munit de son téléphone et écrit un message à Naila.

Kiara : 18 h.

« Ça craint ! Pauvre Coraline ! J'espère qu'il n'arrivera rien à Corentin ! »

Naila : 18 h 3.

« J'ai peur, en vrai ! Kiara, Thomas propose de nous prendre en voiture pour aller au lycée ».

Kiara : 18 h 5.

« Il est étonnement gentil avec moi. ».

Naila : 18 h 10.

« Tant mieux, non ? Bon, je te laisse, gros bisous, demain sept heures quarante-cinq devant chez toi. »

Kiara : 18 h 11.

« Oui, OK, à demain, bisous. »

Kiara attend sa mère sur le canapé, pot de glace à la main, quand enfin la porte s'ouvre. Sara arrive dans le salon et découvre sa fille.

— Tu n'es pas au lit ? demanda Sara.

— J'ai vu les infos, lui dit Kiara.

— Ne t'inquiète pas.

— Mais Corentin a disparu et Coraline est morte ! J'ai peur.

— N'aie pas peur, je serai toujours là pour te protéger.

Sara serre sa fille dans ses bras. La fatigue se voit sur le visage et sur le corps de sa mère. Être dans la police et en être chef n'est pas de tout repos.

Chapitre 2
Corentin, les jumeaux

23 h.

Dans sa chambre, Kiara se réveille en sursaut, sa mère arrive quelques minutes après, ses cheveux retenus en un chignon décoiffé, et elle porte une robe de nuit noire.

— Que se passe-t-il ?

— Je ne sais pas, je viens de faire un rêve vraiment très réaliste.

— D'accord, écoute, si tu refais ce genre de rêve, tu me le dis tout de suite, d'accord ?

— Euh, d'accord.

Kiara ne trouve pas tout de suite le sommeil, pourquoi sa mère a l'air inquiète à propos de ce rêve ? Kiara se rendort un peu plus tard.

Le lendemain, Kiara se réveille et sa question lui trotte encore dans la tête. Sa mère finira par lui dire, non ? À 7 h 47, elle monte dans la voiture.

Dans la voiture avec Thomas, Dims, Naila et Kiara.

— C'est affreux ! Coraline est morte, Corentin a disparu... dit Thomas.

— Il y a peut-être un assassin en liberté, dit Dims.

— Ça fait peur... dit Kiara.

Au lycée.

Annonce du lycée :

« *Bonjour à tous et à toutes, ici Nathan et Lori. Aujourd'hui, il est huit heures, le ciel est dégagé, vingt-sept degrés. À toi Lori.*

Merci Nathan. Au menu, pizza, mais je n'ai pas envie d'aller dans les détails, notre chère Coraline nous a quittés, elle a été battue à mort par un horrible kidnappeur ! La police nous demande de rentrer directement chez nous après les cours et de ne pas ressortir. Et maintenant, notre très cher Corentin a disparu, nous espérons tous qu'il s'en sortira, mais les mauvaises nouvelles ne sont pas encore terminées, car nos très chers comiques Justin et Justine ont eux aussi disparu, mais la police nous a donné des informations : l'ADN des jumeaux a été trouvé près du port, la police va donc fouiller chaque bateau. Passez une bonne journée ! ».

À midi, Thomas, Dims, Naila et Kiara prennent une table, un peu isolée.

— Ça commence à faire peur, dit Naila.

— Il faut rester soudé ! dit Thomas.

— Tu as raison, dit Dims.

Benjamin, un garçon pas très musclé, mais le plus populaire du lycée, arrive à la table des amis. Il s'approche et pose violemment ces deux mains sur la table.

— Alors, Thomas, on reste avec Kiara ? dit-il en rigolant.

— Ça te fait quoi ? Ça va changer ta vie ?

— Oh, mais faut pas s'énerver. Je dis juste que tu traînes avec une ordure, un peu comme toi, finalement.

Thomas se lève brutalement, prêt à lui régler son compte. Mais pour lui ou pour Kiara ? Les deux peut-être ?

Benjamin, plus rapide, le frappe au visage. Thomas a alors un mouvement de recul, sa joue rougie. Naila se lève et se met devant Thomas, elle prend les coups à sa place, puis Naila frappe Benjamin qui, surpris, s'arrête de la frapper.

— Tu… Tu m'as frappé.

— Eh ouais, ça te fait quoi ! Une femme ne peut pas se battre ?

Benjamin, furieux, part les poings serrés en injuriant le groupe d'amis. Thomas, Dims et Kiara regardent Naila, les yeux ébahis.

— Comment as-tu fait ? Personne n'aurait eu le cran ! dit Kiara.

— Je sais pas ! C'est venu comme ça.

Dans la voiture, Kiara regarde son téléphone, Dims à ses côtés, regardant le téléphone de cette dernière.

— Oh non ! dit Kiara.

— Quoi ? demanda Thomas.

— Je vous le lis « *Le corps du jeune basketteur Corentin a été retrouvé dans la forêt, battu également comme Coraline. Les deux jeunes jumeaux ont été retrouvés morts dans un bateau, le jeune Justin est mort étranglé, sa sœur Justine noyée. Un grand drame s'abat sur notre ville, un tueur est en liberté, la police nous affirme avoir une suspecte, la professeur Miraille du lycée* ».

Dims regarde Kiara d'un air interloqué.

— Pourquoi notre prof ? demanda Dims.

— Justin, Justine, Corentin, Coraline étaient dans son club, dit Thomas.

— Ça veut dire qu'on est les prochains… dit Kiara.

Kiara a potentiellement raison, tous ceux qui étaient dans son club sont morts, les seuls qui restent sont Kiara, Thomas, Dims et Naila. Thomas s'arrête devant chez Kiara, celle-ci descend de la voiture et salue les trois amis avant d'ouvrir la porte de sa maison à la façade bleue.

Le soir, chez Kiara.

Kiara est seule, sa mère travaille, elle décide alors de faire des pop-corn et de se mettre un film d'horreur : *Scream*. Il est vingt et une heures. Le film commence, Kiara est une fan de film d'horreur, pourtant ça lui fait peur, mais elle aime bien se faire peur. Vingt-deux heures, Kiara entend la porte s'ouvrir. *Bizarre, maman ne m'avait pas dit qu'elle rentrerait si tôt*, pense Kiara. Elle met le film en pause et se lève du canapé, elle se dirige ensuite vers la porte, celle-ci est ouverte, une boule au ventre surgit. Ayant senti une présence, elle se retourne et pousse un cri lorsqu'elle voit un individu. L'homme met sa main sur la bouche de Kiara, il la planque contre le mur, lui bande la bouche, lui attache les mains et il l'emmène hors de la maison dans une voiture blindée noire. Quelques heures après, Sara entre dans la maison, ne voyant pas sa fille, elle en conclut qu'elle est allée au lit, elle range le paquet de pop-corn, range le plaide et va se coucher.

Le lendemain, samedi.

Sara se lève et va réveiller sa fille, elle ouvre la porte de sa chambre et remarque qu'il n'y a personne. Le lit n'a même pas été défait de la veille.

— Non pas ça ! Pitié ! pense-t-elle tout haut.

Elle court, prend son sac, ferme la maison à clef derrière elle et monte vite dans sa voiture. Elle démarre et fonce chez Naila. Une fois arrivée, Sara se gare en vitesse, sonne plusieurs fois de suite avant que Naila ne lui ouvre.

— Bonjour.

— Bonjour, as-tu des nouvelles de Kiara ? demanda Sara la voix totalement en panique.

— Non, pas depuis hier soir.

— Elle n'est pas à la maison.

— Pourtant on l'a déposé devant chez vous.

— Comment ça ?

— Chaque matin, chaque soir, Thomas nous amène en voiture au lycée et chez nous.

— Je ne le savais pas, mais en tout cas, elle était là hier soir, il y avait du pop-corn sorti.

— J'espère qu'elle ne s'est pas fait enlever.

— J'ai bien peur que si, je lui avais promis que je serais toujours là pour la protéger et, à cause de moi, je n'ai pas pu la protéger ni tenir ma promesse.

Les larmes montent aux yeux de Sara, Naila pose sa main sur l'épaule de Sara.

— Non… Mais Sara ne t'en fait pas, ce n'est pas ta faute, personne n'aurait pensé qu'elle serait la prochaine.

— Je le sais bien… je savais qu'elle avait peur, j'aurais dû ne pas travailler…

— Tu ne peux pas t'en vouloir, Sara. Il faut bien retrouver ce tueur en série.

— Si, bien sûr que si… je n'aurais pas dû accepter de travailler jusqu'à si tard…

Le regard de Sara la trompe, cela se voit, elle se sent coupable de la disparition de sa fille.

— Tu sais, il ne faut pas rester là à ne rien faire, il faut la chercher.

— Oui, tu as raison.

— Courage…

— Toi aussi, fais attention.

Plus tard dans la soirée. (Chez Naila)

Naila est dans la cuisine, elle met dans un bol des bonbons. Une fois fait, elle s'installe dans le salon et met un film : *« Oscar ».*

Elle prend son téléphone et appelle Thomas.

« Salut, Naila, que se passe-t-il ?

— Je voulais pas t'en parler, mais, maintenant, je suis prête, Kiara est prisonnière.

— Non ! Elle s'est fait kidnapper !?

— Oui.

— Ho non, je suis désolé Naila, Dims le sait-il ?

— Non, je ne sais pas comment lui dire.

— Ne t'inquiète pas, il va venir chez moi, je lui dirais, moi.

— D'accord, merci encore Thomas.

— De rien, je t'aime, à lundi.

– Moi aussi, je t'aime, à lundi ».

Naila raccroche. Elle envoie ensuite un message à sa mère.

Naila : 21 h.

Tu rentres quand ?

Quelques minutes plus tard.

Maman : 21 h 10.

Je risque de rentrer tard.

Naila éteint son portable avec un soupir, elle prend la télécommande et lance le film.

Quelques heures plus tard.

Naila entend un bruit, elle se lève et voit que la porte d'entrée est ouverte. D'un seul coup, son corps se fige, une bouffée d'angoisse et de peur la prend. Derrière elle, elle entend le sol craquer, elle se tourne et voit un homme, elle hurle d'instinct, mais l'homme l'assomme avec une batte de baseball. Naila chute dès qu'elle reçoit ce violent coup, l'homme éteint la télé, range le bol de bonbon et va dans la chambre de Naila, il fourre des doudous sous la couette, pour simuler que Naila dort dans son lit. Il porte ensuite Naila et l'cmmène dehors. Quelques minutes plus tard, sa mère arrive, elle voit la porte ouverte, mais aucune trace de sa fille, elle appelle vite Sara. Le kidnappeur a oublié de fermer la porte.

— Ils me l'ont prise ! dit Dania.

— La mienne aussi, je vais prévenir ma brigade.

— Très bien, on se tient au courant.

— Oui.

Dans la maison de Thomas.

Thomas est dans sa chambre en train de s'amuser avec son cochon d'Inde, « Billy ». Thomas s'absente quelques minutes, quand il revient, il trouve son cochon d'Inde couché à côté d'une prise électrique.

— Non !

Thomas se précipite vers lui, le prend dans ses bras et dit son prénom en pleurant.

— Billy…

Puis le cochon d'Inde recommence à respirer, comme par magie.

Thomas sursaute. Quelques minutes plus tard, Dims arrive chez Thomas.

— Salut !

— Viens voir !

— Que se passe-t-il ?

— Mon cochon d'Inde était mort et… et je crois que je l'ai ramené à la vie…

— T'es sérieux ?

— Oui ! Je te jure !

En fond à la télé : « *Interruption spéciale, deux jeunes filles de 15 ans au lycée ont disparu, Naila (montrant une photo) et Kiara (montrant une photo). Nous prions tous et toutes pour que malheur ne leur arrive pas.* ».

— Quoi ! dit Dims apeuré, il faut les appeler !

— C'est stupide ! On vient de dire qu'elles ont disparu ?

— Thomas, on ne sait jamais.

Thomas cherche le numéro, une fois trouvé, il l'appela. Le téléphone de Naila décrocha.

— Naila, tout va bien ?

Une voix d'homme lui répond.

— Si tu veux retrouver ta chère et tendre dame, rejoins-moi, toi et ton ami Dims, à la vieille décharge, vous monterez ensuite dans la voiture neuve de couleur rouge qui se trouve à droite de l'entrée de la décharge, à dix-sept heures. Ne prévenez personne, sinon vous les retrouverez mortes. Allez NLEPSPR.

Il raccrocha.

— NLEPSPR ?

— Bah tu comprends pas ? dit Dims.

— Attends, tu vas me dire que tu as compris ?

— Bah c'est pas si compliqué ?

— Vas-y, tu comprends quoi ?

— N'ayez pas peur.

— C'est fort possible maintenant que tu le dis, mais franchement, tu as fait fort, jamais je n'aurais compris.

— Si faut je suis le seul à savoir, dit Dims en rigolant.

— Arrête… Si faut, si faut…

— Bref on a la preuve que ce n'est pas la prof Miraille, c'est une voix d'homme.

— Oui, c'est vrai, mais on va y aller, pas vrai ?

— Tu es sur ? demanda Dims.

— Oui, il faut aller les sauver. Dans une heure, on y va.

— Tu es sur ? demande Dims, perplexe.

— Ma copine et celle que tu aimes sont en danger, alors oui, j'en suis sûr !

Une fois à la décharge, les deux garçons trouvent et montent dans la voiture.

— Monte, dit Thomas à Dims.

Une fois dans la voiture, celle-ci se verrouilla.

— C'est un piège !

Du gaz sort de la clim de la voiture.

— Vite il faut sortir ! crit Dims.

Les deux garçons essayent d'ouvrir les portes, mais cela est impossible. Pendant dix minutes, les garçons toussent en se débattant, mais sans résultat, puis ils finissent par s'évanouir.

Chapitre 3
Mme Nika, Mr Valentin

Deux semaines plus tard.

Toujours aucune trace de Thomas, Kiara, Naila et Dims.

« Flash spécial. Cela fait maintenant deux semaines et toujours aucune trace de Thomas, Dims, Naila et Kiara. La police continue les recherches. Nous devons garder espoir ».

Sara a demandé aux parents des disparus de se rendre chez elle. Ils sont tous regroupés sur le canapé, fixant Sara.

— Bon écoutez, on a été amis, malheureusement on a perdu trois des nôtres, mon mari Eric et les parents de Dims, Iris et Laurent… dit Sara.

— Sara, pourquoi tu nous racontes ça ? coupa Daniel.

— On était tous amis.

— On l'est toujours, dit Dania.

Les autres acquiescent.

— Mais on s'est éloignés…

— Sara, tu as perdu ton mari, on a perdu Iris et Laurent, on était tous tristes, c'est normal, mais si on n'avait pas été de vrais amis, personne ne serait venu, dit Laura.

— Je ne comprends toujours pas pourquoi on raconte ça ? demande Daniel.

— Nos enfants étaient des duos, d'un côté Kiara et Naila, de l'autre Thomas et Dims, puis ça a été Naila et Thomas qui se sont mis ensemble, Kiara et Dims à l'écart, puis là ces derniers temps, ils sont devenus tous amis.

— Sara, tu es un génie ! Nos enfants ont la même amitié que nous ! dit Daniel.

— Exactement !

— Et donc, continue… dit Nana.

— Kiara et Naila ont disparu, puis Thomas et Dims vous ne voyez toujours pas ?

— Non, explique Sara.

— Nous étions tous dans le Science club, tout comme nos enfants, souvenez-vous, Dania et moi on s'était fait kidnapper pendant deux semaines et Tom et Eric étaient venus nous chercher.

— Tu penses que Thomas et Dims sont tombés dans un piège pour sauver Kiara et Naila ? demanda Laura.

— C'est ça oui.

— Comment pourrait-on le savoir ? demanda Tom.

— Justement, c'est pour ça que je vous ai demandé de venir, mes collègues Nika et Valentin ont proposé de nous aider, ce sont des enquêteurs.

— C'est génial ! s'exclama Nana.

Nika et Valentin entrent dans le salon. Nika est une fille mince, petite, les yeux en amandes, les cheveux retenus en chignon, Valentin est un homme musclé, grand, les yeux ronds.

— Bonjour, dit Nika.

— Alors voilà, je vous présente Nika et Valentin, Valentin et Nika, voici Dania et Tom parents de Naila, Nana mamie de Dims, Laura et Daniel parents de Thomas.

— Alors qui peut bien nous expliquer leur disparition ? demanda Nika.

— Sara, dit Dania.

— Kiara n'était pas à la maison, le soir j'ai fini très tard et j'ai pensé qu'elle était sûrement en train dc dormir donc le lendemain au réveil, elle n'était pas dans sa chambre, je suis donc allée chez Naila, mais le soir elle disparaît et nous pensons que Dims et Thomas sont tombés dans un piège en aidant Kiara et Naila.

— OK, donc on peut vous aider comment ? demanda Nika.

— C'est vous les enquêteurs ici, dit Sara.

— D'accord, c'est sûr qu'avec les adolescents qui disparaissent, ça fait peur, dit Nika.

— Oui, Kiara et les autres avaient peur, dit Sara.

— Valentin, tu peux aller voir dans la chambre de Kiara s'il y a des indices ? Dania et Tom, votre fille a-t-elle des problèmes avec d'autres personnes ? demanda Nika.

Valentin part dans la chambre.

— Non, elle est appréciée de tous, dit Dania.

— Nana ?

— Mon Dims n'a aucun problème.

— Laura, Daniel ?

— Absolument pas, dit Daniel.

— Sara ?

— Non.

À ce moment-là, Dania ne la regarde plus en face et elle se tortille les doigts, Sara a alors compris que Dania lui cache quelque chose.

— Dania, que me caches-tu ?

— En réalité, elle est harcelée par tout le monde à l'exception de Dims, Thomas et Naila, les gens l'ont nommée la vampire, tous les jours, elle se fait bousculer, même taper quelques fois.

— Pourquoi ne me l'a-t-elle pas dit ?

— D'après ce que Naila m'a dit, elle avait peur que tu ailles voir le principal.

— Écoute, Sara je ne veux pas paraître impolie, mais le plus important c'est de la retrouver, de les retrouver, dit Nika.

— Tu as raison Nika, pourquoi tu nous as demandé si nos enfants avaient des problèmes ? demanda Laura.

— Pour voir si des élèves auraient des raisons de… vengeances par exemple, mais on va procéder par étapes. Déjà, Tom et Daniel, allez fouiller dans la chambre de vos enfants, si vous trouvez quelque chose par exemple téléphone, indices, des mots, vous voyez ?

— Oui je vois, dit Tom.

— De même, dit Daniel.

— Très bien, dit Nika.

Puis les deux hommes quittent la maison.

— Tu as des pistes ? demanda Nana.

— Mise à part la professeur Miraille non.

— Nika, on devrait aller l'interroger, dit Sara.

— Oui tu as raison.

Chapitre 4
Mme Miraille

Au poste de police. Dans le bureau de Sara.

— Tu te sens prête ? demanda Nika.

— J'ai pas le choix, je veux savoir ce qu'elle a fait aux enfants, dit Sara.

— Si tu veux, je peux parler à ta place.

— Ne t'inquiète pas Nika, ça va le faire.

— D'accord, mais s'il y a un souci j'interviendrais.

— D'accord.

Puis les deux amies sortent du bureau en direction de la cellule de Miraille. Une fois dans la salle d'interrogatoire, Nika fait entrer Miraille, Sara l'assoit et attache les menottes à la barre située sur la table puis Sara s'assoie en face de Miraille, quant à Nika, elle se met au fond de la pièce, bloc-notes à la main, laissant la parole à Sara.

— Bonjour, dit Sara.

— Bonjour Sara, dit Miraille.

— Je vous présente ma collègue Nika.

— Bonjour Nika.

— Bonjour, dit Nika.

— Je peux savoir pourquoi je suis au poste de police ?

— On vous suspecte de meurtres et d'enlèvements.

— Quoi ? Sara c'est absurde !

— Tu peux penser ce que tu veux, mais Coraline, Corentin, Justin, Justine, Kiara, Naila, Thomas et Dims étaient et sont tes élèves alors oui, pourquoi les ados qui disparaissent sont uniquement les élèves de ta classe ?

— Ce sont des ados, ils se sont peut-être suicidés et ta fille et les autres, ils… Ils ont fugué.

Nika leva les yeux.

— Vous pouvez constater que votre réponse ne répond absolument pas à la question de Sara, ce qui veut dire que vous êtes une potentielle suspecte.

Miraille lance un regard d'incompréhension et de fureur à Nika.

— C'est ridicule !

— Miraille, on vous garde en garde à vue, dit Sara.

— Sara ! Tu ne peux pas !

— En tant que force de l'ordre, si je peux, si j'ai des preuves valables, ce qui est le cas.

Miraille regarde Sara d'un regard stupéfait, Miraille va riposter, mais Sara lève la main en signe de silence. Miraille perdu dans cette position préfère ne pas parler, elle se contente de fixer Sara le regard plein de colère.

— Écoute Miraille, tu vas être mise en garde à vue, mais si tu nies les faits comme tu viens de le faire alors que tu es coupable, tu ne nous facilites pas la tâche, et pour toi de même.

— Puisque je te dis que je n'ai rien fait !

— Nous le verrons bien de toute façon.

— Comme tu le dis.

Sara croise les bras et jette un coup d'œil à Nika qui finit de noter avant de hausser les épaules, Sara reporte alors son attention sur Miraille, qui elle se contente de la fixer.

— Bien, je pense que nous avons fait le tour, dit Miraille.

— Absolument pas ! Si Thomas, Naila, Dims ou Kiara sont retrouvés morts, je peux te garantir que je ne te lâcherai pas d'une seule semelle ! Tu as de la chance que les autopsies des autres ados n'ont rien relevé, aucune date ou aucun autre indice. J'espère réellement que rien ne leur arrivera !

— Je n'en ai aucune idée ! Ce n'est pas moi !

La colère monte à Sara, elle serre les poings près pour lui en foutre une, Nika s'en aperçoit et intervient aussitôt.

— Lève-toi, Sara.

— Quoi ?!

— Lève-toi, je me charge du reste.

Sara se lève d'un bond, sort de la pièce en claquant la porte, Miraille sursaute et se tourne vers Nika.

— Je te jure que je n'ai rien fait !

— Garde ta salive pour les choses à venir, pour le juge, tes potentielles visites de notre part, ta vérité, tes révélations sur tes complices, le mensonge pour nous et le juge, maintenant lève-toi.

Nika ouvre la porte, prend dans sa main le bras de Miraille et l'amène dans la cellule de garde à vue devant les bureaux. Sara, encore sur les nerfs, traverse le commissariat sous les regards de ses collègues. Sortant du poste de police. Sara se dirige vers sa voiture et se fait interpeller par son collègue Victor, un homme à la carrure musclée, collègue et ami de Sara. Il est aussi le collègue de Nika.

— Sara attend !

— Salut Victor !

— Comment ça va ?

— Comme une mère cherchant sa fille.

— Aucune nouvelle ?

— Non, mais Miraille est une suspecte.

— Miraille March ?

— Oui.

— On vient justement de faire entrer son mari dans la salle d'interrogatoire.

— Je peux l'interroger ?

— Oui, je suppose que Nika t'accompagne.

— Oui, pourquoi ?

— Comme ça, tu me donneras des nouvelles.

— Promis

Il lui laisse un tape amical sur l'épaule et Sara la lui rend avec un sourire, il lui sourit aussi. Puis Sara repart en direction du poste de police. En salle d'interrogatoire, Sara installe Ludo sur la chaise, menottes attachées sur la barre, située sur la table, Sara s'assoit sur la chaise en face de Ludo, puis Nika prend son cahier, se met encore une fois au fond de la salle prête à noter et laisse Sara parler. Sara prend donc la parole. Les deux femmes n'ont même pas eu le temps de discuter de Miraille.

— Votre femme Miraille a été arrêtée.

Ludo écarquille les yeux.

— Comment ça !

— On la suspecte de meurtres et d'enlèvements.

— Vous pouvez le prouver ?

— Oui.

— Alors ?

— Nous ne pouvons pas vous le dire.

— Comme par hasard.

— Je vous signale que vous êtes chez la police, que vous avez une policière et une enquêtrice devant vous, alors je ne ferai pas le malin.

— Pardonnez-moi, mais, quand ma femme était chez vous une autre ado a disparu, ça ne peut pas être ma femme.

— Comment le savez-vous ? Nous n'avons pas été averties.

Sara fronce les sourcils, *étrange*, pense-t-elle.

— C'est la fille de ma sœur.

— Nous vous remercions, au revoir.

20 h, chez Sara avec Nika.

Les deux amies sont en train de relire les notes prises pendant les deux interrogatoires, café fumant dans leurs mains. Quand tout à coup Sara fronce les sourcils.

— Demain, on ira interroger la sœur de Mr March, dit Sara.

— Sara, cette histoire ne tourne pas rond.

Après avoir prononcé ces paroles, Nika met ses mains sur son front.

— Je confirme, nous nous sommes peut-être trompés sur Miraille, dit Sara.

— Dans mon ancienne ville, il y avait aussi des enlèvements, nous avons retrouvé les kidnappeurs, dit Nika.

— Les ?

— Dans ce genre de situation, enlèvements et meurtres, il n'y a jamais une seule personne, elle agit tout le temps en équipe pour on va dire se répartir les tâches.

— C'est pas faux, donc Miraille reste une potentielle suspecte.

— Exactement.

Sara a l'air en pleine réflexion. Ses mains dans ses cheveux et se mordillent la lèvre inférieure.

— Tu penses qu'on les retrouvera ? demanda Sara soucieuse.

Nika a une minute de réflexion.

— Je n'en doute pas, mais je veux que tu saches une chose, si on arrive trop tard, je veux que tu saches que je serai toujours là pour toi, dit Nika.

Sara sourit.

— Merci, tu es vraiment la meilleure, mais je ne sais pas ce que je ferais sans Kiara.

— Je comprends, dit Nika les yeux dans le vide.

Sara voit bien que Nika ne va pas bien. Avant même que Sara ouvre la bouche, Nika lui avoue.

— … Alors que j'étais encore dans mon ancienne ville, mon mari et mes deux filles sont morts dans… Une fusillade. Quelques jours plus tard, j'ai fait une overdose… dit Nika de sa voix frêle.

— Nika ! Je suis vraiment désolée…

— J'ai fait exprès…

— Que veux-tu dire ?

— Me suicider…

— Je ne… je ne sais pas quoi dire…

— Ne t'inquiète pas.

Mais Sara ne peut pas s'arrêter de s'inquiéter, les deux femmes sont amies depuis longtemps, Nika a toujours le sourire, Sara n'a jamais eu l'idée de penser qu'elle avait vécu autant de choses d'un seul coup. Perdre sa famille ne doit pas être facile. Sara ne pourrait pas imaginer sa vie sans sa fille. Nika sourit à Sara, celle-ci le lui rend.

— S'ils arrivent malheur à ces ados et ta fille, je serais là, dit Nika.

— Merci Nika.

— Il y a quelque chose qui te tracasse ? dit Nika.

— Ça m'énerve, on a pas de piste ! dit Sara.

Le téléphone de Sara vibre. Sara le sort alors de sa poche et regarde le nom qui s'affiche.

Victor : 21 h.

Regarde les infos vite !

— Qu'est-ce qui se passe ? demanda Nika.

— Victor me dit de regarder les infos.

— OK, allons regarder les infos.

Sara allume la télé, et monte le son.

« Flash info, l'adolescente Flovia Kich, disparue seulement aujourd'hui, vient d'être retrouvée morte près d'une vieille station-service. »

Sara éteint la télé, puis se tourne vers Nika, le corps figé, les yeux grand ouverts.

— Ludo avait raison…

— J'ai bien peur que oui.

— Faut se bouger, on peut pas continuer comme ça ! Il y a trop de meurtres ! Trop de disparitions et de meurtriers en liberté ! Et pour couronner le tout, on a pas de piste !

— Oui.

— Attends, on pourrait peut-être chercher par-là ?

— On va aller chercher. Et tu sais, Flovia est malheureusement partie, mais peut-être que cela veut dire que Kiara, Thomas, Dims et Naila ne sont peut-être pas morts ?

— Comment tu peux en être certaine ?

— Bah ils ont disparu depuis longtemps maintenant et Flovia seulement aujourd'hui tu vois ?

— On les a juste pas trouvés.

— Si tu ne restes pas positive…

— Je sais, mais quand tu vois qu'aucun ne sort vivant de leur enlèvement tu perds un peu espoir.

— Je le sais bien, mais je suis certaine que tout ira bien.

21 h 30, les deux amies se mettent à table pour manger. Elles sont épuisées, Sara a rassemblé ses cheveux en chignon décoiffé, elle a des cernes, des petits yeux, tandis que Nika a rassemblé ses cheveux en queue de cheval, elle a également des cernes.

— Les recherches n'avancent pas… dit Sara les mains sur son visage.

— Ne t'en fais pas Sara !

— Si, si…

— Ne t'en fais pas d'accord, on les retrouvera.

Sara fait un léger sourire et Nika lui fait un câlin, au moment où la porte sonne.

— Qui ça pourrait être surtout à vingt et deux heures ? demanda Nika.

— Aucune idée, dit Sara.

Nika sort son arme de son étui et là tient de ses deux mains, retirant le cran de sécurité, avant de suivre Sara. Sara ouvre la porte, Laura est devant. Cette dernière, ouvre grand les yeux quand elle aperçoit Nika lui pointer son arme.

— HAA ! Mais t'es folle ! Tu veux que je fasse un arrêt cardiaque ou quoi ! s'écrit Laura.

— Désolé, j'ai cru que tu étais quelqu'un d'autre, dit Nika toute gênée.

Sara en essayant de se sortir de cette situation change de sujet.

— Que fais-tu là, Laura ?

— On a trouvé quelque chose, dit-elle avec le sourire aux lèvres, mais son visage change vite d'expression, une expression de peur et d'angoisse.

— Qui est ?

— Dans la chambre de Thomas, on a trouvé ce mot.

Sara le lit.

« Nous avons votre fils. Nous vous demandons une seule chose pour que votre fils survive. Voilà notre marché à vingt-trois heures trente, vous devez m'amener la chef de la police Sara Mcligne. Nous

lui demanderons une faveur (nous lui ferons aucun mal). Retrouvez-nous à l'entrée de la décharge. ».

— Tu vois ! Ils sont plusieurs, dit Nika.

— Nika…

— Excuse-moi, tu vas y aller ?

— Je n'ai pas le choix.

— On a toujours le choix, dit Laura.

— C'est vrai, mais là ce sont nos enfants, dit Sara.

— Je demande à quelques collègues de surveiller ? demande Nika.

— Non.

— Dans le mot, il n'a pas dit « n'en parlez à personne », dit Laura.

— Je suis d'accord ! dit Nika.

— Bon d'accord… mais trois personnes pas plus, dit Sara.

— Je les appelle, dit Nika.

23 h.

Nika, Sara et trois autres policiers sont arrivés à la décharge, accompagnés de Laura. Ils descendent tous de leurs voitures avant de se regrouper.

— Ils vous retrouvent à l'entrée, dit Laura.

— Ça marche, dit Sara.

— Bonne chance, dit Laura.

— Merci, disent ensemble Sara et Nika.

Chapitre 5
Le marché…

23 h 30, décharge.

Sara s'avance dans la décharge, seule. Les trois policiers et Nika sont postés à chaque coin de la décharge. Trois silhouettes se dessinent plus une petite silhouette. Un homme, le chef peut-être ? s'avance le premier.

— Nous vous avons demandé d'être-seul, dit-il.

Il a une carrure imposante, très musclé, son visage est caché par une capuche.

— Ce n'est absolument pas écrit sur la lettre.

— Dans ce cas, amène la fille.

À ce moment-là, l'homme se tourne vers les silhouettes et fait signe de la main de venir. Un autre homme s'avance, tenant la petite silhouette. Une fois l'homme découvert, Sara découvre…

— Kiara !

— Maman !

— Tais-toi ! dit le chef.

Silence. L'homme venant d'arriver est également caché par une capuche, Kiara a le visage rempli de crasse, les mains menottées avec du scotch, ses vêtements sont troués et sales, Sara le reconnaît, c'est le pyjama de sa fille, les jambes et bras de Kiara sont couverts de griffures.

— Si vos gardes essaient de nous viser ou de venir nous arrêter, votre chère Ki… Kiara recevra une balle dans le crâne, dit le chef en sortant son arme et en la positionnant sur le crâne de Kiara.

Sara lève la main puis la baisse pour faire comprendre à ses collègues de ne pas attaquer.

— Vous voulez quoi ? dit Sara.

— Pose ton arme.

Sara porte sa main à son étui, prend l'arme à la main et la lance au sol.

— Ludo March veut que vous libériez sa femme.

— Vous travaillez pour Ludo ?!

— Si vous l'arrêtez où l'interrogez, nous tuerons Kiara, ou alors tous !

— Si je le fais, vous relâcherez les enfants ?

— Voyons, voyons ça ne marche pas comme ça. Ils seront sains et saufs, mais qui dit que vous les reverrez ?

Rire…

— Si je ne le fais pas ? dit Sara.

— La mort vous trouverez.

— C'est une menace !

— Je vous rassure madame Mcligne pas vous, mais un des enfants, demain même endroit avec Miraille.

Kiara et les trois hommes masqués s'en vont. Sara regarde sa fille partir impuissante, des larmes coulent sur sa joue tout en ramassant son arme et en la remettant dans l'étui.

Sara ressort alors de la décharge.

Nika et les autres attendent Sara à la sortie de la décharge.

— Alors, que te voulait-il ? demanda Nika.

— Que je libère Miraille… dit Sara.

— Tu vas le faire ?

— Franchement, il m'a très clairement menacé de tuer les enfants si je ne le fais pas, alors oui je vais le faire.

— D'accord, viens, on rentre.

Le lendemain au Poste de Police.

Sara se dirige vers la cellule de Miraille, une fois arrivée devant, Sara ouvre la cellule. Miraille ne bouge plus, elle se contente de fixer Sara.

— Mais qu'est-ce que tu fais ?

— Bah il s'avère que ton cher mari est le kidnappeur et qu'il m'a ordonné de te libérer sinon il tuera ma fille, Naila, Thomas et Dims.

— Mais bien sûr…

— Crois-moi que jamais je t'aurais libéré si j'avais le choix.

Miraille ne savait que répondre alors elle se tait, et fixe Sara. Sur le chemin de la sortie, Sara croise Louka, celle-ci prise d'une panique totale. Louka est l'un de ses collègues. Il n'a jamais aimé les décisions que prend Sara, et il aime encore moins son adjoint George.

— Que faites-vous ! dit-il.

— Louka, je la libère, dit Sara.

— Pourquoi ?

— Si je ne le fais pas, un des ados séquestrés va mourir.

— J'espère qu'elle est innocente.

— Pareil.

Le supérieur de Sara arrive, un policier a sûrement dû le prévenir. *Louka sans aucun doute*, pense Sara.

— Vous allez où comme ça avec Miraille ?

— Je la libère.

— Non.

— Si je ne le fais pas, les ados séquestrés vont mourir.

— Si vous la relâchez, c'est d'autres enfants qui mourront.

— Je…

— Non.

— Très bien.

Sara ramène Miraille en cellule, elle referme la grille violemment, et les regards de ses collègues se tournent vers elle.

— Sara je suis innocente crois moi s'il te plaît.

Ferme ta gueule.

Or du poste de police. Sara appelle Laura.

— On a un souci, dit Sara.

— Quel genre ?

— Tu vois hier.

— Tu n'as pas pu relâcher Miraille.

— Mon supérieur me l'a interdit.

— Donc un de nos enfants va mourir.

— Je vais aller à la décharge.

— Ça sera mon fils.

— Pourquoi ?

— C'est moi qui ai reçu la lettre.

— Alors je le sauverais comme pour sauver ma fille.

— Merci !

Sara partit en direction de la décharge.

9 h 30 à la décharge. Elle descend de sa voiture, puis met sa main sur son étui d'arme. Sara s'avance dans la décharge puis elle trouve une lettre, au sol devant la voiture rouge neuve où Dims et Thomas se sont fait kidnapper, mais Sara l'ignore, elle se saisit donc de la lettre et commence à lire :

« Nous vous avions prévenu ».

Une voiture noire en face de Sara se met à brûler.

Sara court vers la voiture, elle pose ensuite ses mains sur la poignée de la portière et tire dessus afin d'arriver à l'ouvrir, elle aperçoit une silhouette à l'intérieur, elle prend cette dernière dans ses bras et l'allonge au sol. Sara s'aperçoit que cette silhouette n'est autre que... THOMAS ! Il est toujours en vie !

Sara appelle Nika.

« Envoie une ambulance à la décharge.

— OK ».

Une dizaine de minutes plus tard, l'ambulance arrive. Dans l'ambulance, Chloé installe Thomas dans le lit à l'arrière de l'ambulance et Sara se met à côté de Chloé.

— Encore le kidnappeur ? demanda l'ambulancière.

— Oui, Chloé, tu penses qu'il survivra ? demanda Sara avec angoisse.

Chloé est une jeune ambulancière, la vingtaine. Elle porte son uniforme blanc et elle a ses cheveux blonds retenus en une queue de cheval.

— J'en suis certaine, tu l'as sorti tout de suite, il aura de sacrées cicatrices, mais il survivra.

— Tant mieux, il sera brûlé ?

— Oui, malheureusement, mais rien de très grave.

Sara prend son téléphone et envoie un message à Laura.

Sara : 10 h 10.

Je suis désolée, rejoins-moi à l'hôpital.

À l'hôpital.

— Sara que se passe-t-il ? demanda Laura.

— Thomas… dit Sara.

— Il est mort…

— Non, en gros… Je suis arrivée à la décharge, ils n'étaient pas là, il y avait une lettre « Nous vous avions prévenu ». Et la voiture a brûlé, Chloé m'a dit qu'il s'en sortira avec de belles cicatrices, et de petites brûlures.

— Il y a au moins deux points positifs.

— Lesquels ?

— Mon fils est vivant et il n'est plus enlevé, il pourra nous dire où sont les autres.

— Tu as raison.

— Merci de l'avoir sauvé.

— Je te l'avais promis.

Chloé ouvre la porte de la salle d'attente et se dirige vers Sara et Laura.

— Sara, Laura, vous pouvez venir le voir, dit Chloé.

— Merci, dit Sara.

Laura se lève, mais Sara reste assise.

— Tu ne viens pas ? demanda Laura.

— Non, va voir ton fils, dit Sara.

— Merci Sara.

Dans la chambre d'hôpital, Thomas est allongé sur le lit, il porte une blouse blanche, il a des hématomes, des cicatrices un peu partout, et quelques taches de brûlures sur les bras.

— Coucou Thomas !

— Maman !

— Comment tu vas ?

— J'ai énormément mal.

— Tu sais qui t'a sauvé ?

— Non.

— Sara.

— C'est très gentil, je vais m'en sortir ?

— Elle t'a sorti avant que tu brûles tout entier alors oui.

— Je lui dois beaucoup alors !

— Oui, je vais la chercher. Elle a à te parler.

Avant de quitter la pièce, Laura souffle à son fils : « Tu m'as manqué. ». Laura sort alors de la chambre et se dirige vers la salle d'attente. Dans la salle d'attente, Sara attend assise sur un fauteuil lisant un livre *« La chasse »* de Bernard Minier. Laura arrive. Sara sort sa tête de son livre et regarde Laura.

— Sara, tu peux venir.

— Très bien.

Sara se lève en remettant le livre dans son sac, et se dirige vers la chambre de Thomas. De retour dans la chambre de Thomas.

— Je vous laisse parler.

Laura part. Sara s'installe alors sur le fauteuil qui se situe à côté du lit.

— Merci de m'avoir sauvé.

— C'est normal.

— Vous voulez me parler ?

— Oui.

— Je vous écoute.

— Tu sais où tu étais ?

— Malheureusement non, ils nous bandaient les yeux et quand ils nous enlevaient le bandeau il faisait tout noir.

— Tu n'as pas remarqué quelque chose ? Ton ressenti ?

— Il faisait très froid, il y avait des courants d'air, on devait être proche d'une route, on entendait beaucoup les voitures et… Je ne me souviens pas bien…

— C'est pas grave.

— Ils veulent votre mort.

— Pourquoi ?

— Vous avez enfermé Miraille.

— Ce qui veut dire que Ludo March est dans le coup.

— C'est qui ?

— L'époux de Miraille.

— Il faut l'arrêter.

— Si je le fais, ils tueront Kiara.

— On est donc piégé.

— Non, grâce aux arguments que tu m'as donnés, je vais faire des recherches sur un endroit froid et avec potentiellement des trous dans les murs et qui est donc logiquement abandonné.

— Ils vont venir me chercher ?

— Il y a deux policiers devant la porte, on a fermé à clef les fenêtres, tu ne risques rien.

— Merci.

— Comment vont les autres ?

— Ils ont peur, on est tous effrayé, mais le pire…

— Le pire quoi ?

— C'est que… ils nous battent…

— Ils vous quoi !

— Ils nous tapent, nous scarifient, dit Thomas en montrant sa longue cicatrice au niveau de sa côte gauche.

— Ils essaient de vous tuer ?

— Non, j'en ai pas l'impression, ils cherchent plus à nous faire souffrir, à jouer avec nous, comme un chat ayant attrapé sa proie, vous savez, il joue avec, puis attend la crise cardiaque.

— Donc tu penses qu'ils vont finir par les tuer ?

— Je ne pense pas non, mais mieux vaut ne pas traîner.

— Je vois, comment va Kiara ?

— Ben, étrangement ils ne lui font pas très mal.

— Parce qu'ils me menacent et leur arme c'est elle.

— Ho.

— Ils n'ont pas abusé de vous ?

— Non, ou alors pas dans notre conscient.

— Tu veux dire quand vous dormiez ?

— Oui.

— OK.

— Ni d'attouchement ?

— Non plus. À part quelquefois avec les filles, ils ont quelques mains baladeuses. Thomas avale amèrement cette phrase.

Sara, elle serre ses poings. *Ils ont osé toucher ma fille !* pense-t-elle.

— Souvent ? finit-elle par demander.

— Je ne peux pas vous le dire, parfois, pendant une semaine, ils les laissent tranquilles et d'autre fois, ils le font tous les jours.

— Quels pervers !

— Faut les retrouver !

— Promis ! Je reviendrai quand j'aurai d'autres questions, pour l'instant, repos jeune homme.

— Merci.

Sara sort de la chambre, quitte l'hôpital. Elle a toujours cette colère. Kidnappeurs et en plus un pervers ? Qui sait ce qu'ils ont fait à Coraline, Corentin, Justin, Justice et Flovia. Pour l'heure, il faut enquêter !

Chapitre 6
Elle paye !

Poste de police.

Sara a réuni toute son équipe et trois autres de ses collègues. Sara se tient debout devant eux, avec un bloc-notes à la main.

— Bien j'ai eu des informations concernant la disparition des trois ados, donc on cherche un endroit où il fait froid et où il y a sûrement des trous dans les murs, proche d'une grande route, et potentiellement abandonné. Cherchez-moi ça !

Au bout d'un certain temps de recherche sur des infinis de possibilités d'endroits, une collègue trouve plusieurs potentiels endroits.

— Il y a cinq endroits qui peuvent correspondre, un derrière le supermarché, un à côté de la décharge, deux près d'une station-service…

Dès que Sara a entendu « Station-service », elle coupe sa collègue. Flovia est morte à ce lieu, Coraline et Corentin ont été retrouvés près de cet endroit.

— Je te coupe, encore cette station-service, Nika dans mon bureau.

Nika se lève de son bureau et rejoint Sara, puis les deux filles se dirigent vers le bureau de Sara. Dans le bureau, Sara s'installe à son fauteuil et Nika en face, Sara pose ses mains sur le bureau.

— La station-service, dit Sara en agitant les mains comme une folle surexcitée.

— J'ai pas compris, dit Nika.

— Flovia a été retrouvée près de la station.

Nika qui pense avoir compris fait les gros yeux.

— Tu penses qu'ils auraient mis les corps si prêts ?

— Rien ne tourne rond dans cette histoire.

— Il faut aller voir.

— Déjà, allons parler à Mme Kich.

Les deux amies quittent le commissariat et montent dans la voiture de service de Sara. Une fois chez madame Kich. Sara ouvre la porte de la voiture, Nika fait de même, mais Sara se retourne et attrape le poignet de Nika.

— Reste dans la voiture, si je ne reviens pas dans trente minutes, appelle des renforts, dit Sara en lui tapotant le bras.

— Fais attention, dit Nika inquiète.

— Promis.

Sara toque puis au bout d'un petit moment madame Kich ouvre, quand celle-ci ouvre la porte, elle est surprise de voir Sara.

— Oh ! Bonjour madame l'agent.

— Bonjour madame Kich, puis-je vous poser quelques questions sur votre fille ? demande Sara en montrant son badge.

— Appelez-moi Flor.

Flor conduit Sara dans le salon. C'est une petite maison, les mûrs roses pâles, les meubles anciens, une maison abîmée, fissurée… une maison qui ne donne pas envie de rester.

— Je vous en prie, installez-vous, dit Flor en lui montrant le canapé.

Une fois assise sur le canapé, Sara entame directement la conversation.

— Votre fille Flovia, où était-elle ?

— Elle travaillait dans une station-service.

— Très bien, pouvez-vous me donner l'adresse ?

— Euh je ne la connais pas…

Sara voit que Flor lui ment, car celle-ci se tripote les doigts, se mord la lèvre.

— Vous êtes en train de me mentir en me regardant où je me trompe.

Au moment même où Flor allait répondre, Ludo arrive derrière Sara et lui met le pistolet pointé sur sa tête.

— Sara, coucou tu te souviens de moi ?

— Ludo, qu'est-ce que tu fais là ? Tu veux tuer des adultes maintenant, les enfants ne te suffisent plus ? dit Flor.

— Mme Kich ! Vous le saviez ! dit Sara.

Flor lève la tête en l'air et lève les yeux, avec un sourire cruel.

— J'en avais marre de ma fille, toujours à râler alors je lui ai donné pour qu'il m'en débarrasse, dit Flor.

— Vous êtes un monstre ! dit Sara.

Flor sourit.

Nika attrape la radio de la voiture et lance un appel.

— À toutes les unités, Sara est dans le pétrin, je veux tout le monde sur 5 rue Lavi. *VITE !*

Nika sort à toute vitesse de la voiture pistolet à la main, elle se dirige vers l'arrière de la maison, une fois fait elle s'approche de la porte. Avant d'entrer, elle enlève le cran de sûreté de son arme, ensuite elle ouvre la porte en silence puis elle entre également en silence dans la maison.

— Maintenant Sara fait face à ta mort, dit Ludo en lui pointant l'arme sur elle.

— Si je tue ta femme, tu réagirais comment ? demanda Sara les mains en évidence.

— Pourquoi vivre ?

— Si tu me tues, que deviendra Kiara ?

— Je la tuerais.

— Pourquoi cette passion pour la mort ?

— Je ne sais pas.

— Miraille le sait-elle ?

— Non.

— Comment réagirait-elle ?

— Je n'y avais pas pensé, mais je m'en fiche.

— Alors, vas-y. Mais ose encore toucher ma fille avec tes mains baladeuses et tu verras !

— Tu ne feras rien puisque tu seras morte, je continuerai donc.

— Sale enfoiré ! Pervers !

— On se calme !

Au moment où Ludo allait appuyer sur la gâchette, Nika arrive et tire dans la jambe de ce dernier, mais celui-ci pivote et tire dans le ventre de Nika.

— Flor, faut se tirer ! cria Ludo.

Sara court vers Nika, s'agenouille devant cette dernière et la prend dans ses bras tout en appuyant sur l'hémorragie de Nika.

— Reste avec moi s'il te plaît.

— Retrouve… Les… J'ai trouvé… Dans une station-service… Abandonnée…

— Nika ! Non, reste… Reste !

Les larmes coulent sur les joues de Sara, elle se les enlève d'un revers de main, mais elle laisse du sang sur ses joues. Un policier arrive.

— Sara ! On a entendu des coups de feu !

— Nika est blessée, on lui a tiré dans le ventre appelle vite une ambulance.

— Ambulance ! Ici ! dit le policier en faisant signe de venir, elle respire ?

— Très peu, mais oui.

L'ambulancière arrive en courant, suivie de deux autres ambulanciers. Ils portent Nika et la posent ensuite sur le brancard, pour pouvoir l'amener dans l'ambulance. À l'hôpital. Sara est dans la salle d'attente en attendant les résultats de Nika, elle prend alors son téléphone et appelle George.

— George envoie une équipe, il faut retrouver Flor Kich.

— Ça marche et pour Ludo ?

— Si nous l'arrêtons, ils vont tuer un des enfants.

— Alors nous allons tout faire pour la retrouver.

— Merci !

Sara raccroche. George était le meilleur ami d'Eric et il est encore et toujours collègue proche et adjoint de Sara. Il est grand, avec un corps musclé, les cheveux bruns et les yeux verts. George et Sara avaient eu une relation deux mois après la mort d'Eric. Sara était devenue distante, elle pensait que c'était trop tôt, que cette relation était une trahison envers Eric. George a essayé de la rassurer, mais Sara ne voulait pas continuer, après deux mois de relation, elle finit par le quitter, depuis, ils sont amis. Chloé fait son entrée dans la salle d'attente.

— Salut, Chloé, comment elle va ? demanda Sara en se mordant les lèvres.

— Salut, Sara, elle s'en tire plutôt bien, dit Chloé.

— Elle va survivre ?

— Il est malheureusement trop tôt pour le dire.

Les larmes montent à Sara.

— Mais elle s'est réveillée et m'a dit de te dire d'aller à la station-service sur la grande route à la sortie de la ville, ils sont peut-être là-bas, dit Chloé.

— Je peux ? demanda Sara.

— Elle s'est endormie.

— Si elle se réveille, dis-lui merci !

— D'accord.

C'est alors que Sara se lève et se dirige à toute allure vers la chambre de Thomas.

Elle toque puis ouvre la porte, Thomas qui l'a entendu se met en position assise sur son lit.

— Bonjour Sara.

— Bonjour Thomas.

— Vous voulez me parler ?

— Nous avons peut-être une piste.

— Laquelle ?

— Prêt de l'ancienne station-service à la sortie de la ville.

— C'est vrai que maintenant que vous le dites ça sentait l'essence.

— Je vais aller voir.

Thomas hoche la tête puis sourit.

Sara sort de la pièce en prenant son Talkie-walkie.

« À toutes les unités, rejoignez-moi à l'ancienne station-service à la sortie de la ville.

— Très bien. »

À la station. Sara arrive la première, quelques minutes après son arrivée, son équipe arrive puis tous entrent dans le cabanon derrière la station. La porte se ferme brutalement, Sara se rue vers la porte, mais celle-ci se verrouille. Le cabanon craque de partout, menaçant de s'effondrer, il sent l'essence, le gaz, un air difficile à respirer.

Laura a rejoint son fils tous deux assis en train de parler quand soudain, Thomas s'arrête brutalement de parler, puis il reprend sans un seul sourire.

— Je suis désolé maman.

— Pourquoi ? demanda Laura

— Il m'a obligé à le faire sinon il te tuerait.

— Tu as piégé Sara !

— Oui, désolé…

Laura qui de suite a compris appelle Sara qui décroche.

« Sors de là ! C'est un piège !

— Comment ça !

— Thomas vient de me le dire, ils l'ont forcé.

— OK, t'inquiète pas on fait gaffe. »

Sara raccroche. À la station.

— Sara…

— Sara…

— Mon équipe ne vous a rien fait laissez-les, dit Sara.

— Tu vas payer, dit une voix.

— Pourquoi ?

— Tu n'as pas relâché Miraille et tu as sauvé Thomas.

— Je fais mon devoir.

Trois ombres se dessinent, elles s'avancent tenant un couteau dans leurs mains, impossible de distinguer leur visage dans l'ombre et en plus ils portent une capuche. C'est alors que la porte s'ouvre brusquement…

— Police ! Tournez-vous, vous êtes en état d'arrestation !

— George ! cria Sara.

— Vous allez bien ? demanda George.

— Personne n'a été blessé, rassura Sara.

George menotte les trois individus.

Sara sort du cabanon puis elle regarde le ciel et dit « Ce n'est pas moi qui faut protéger Eric, mais ta fille, mais merci quand même ». George s'approche de Sara et lui prend les deux mains.

— George qu'est-ce que tu fais ?

— Sara, je veux te le dire depuis longtemps, mais, depuis notre rupture, tu es dans ma tête à chaque instant de ma vie, je ne peux m'empêcher de penser à toi, je t'aime Sara.

Sara reste sous le choc.

— George… Tu m'annonces ça maintenant, en service ?

— Oui, je le sais, il te manque, il me manque aussi tu sais, mais il est temps de passer à autre chose, il ne reviendra malheureusement plus et moi j'ai envie de continuer avec toi.

Sara regarde les lèvres de George et elle se mord les lèvres, tout en regardant le visage de George.

— Mais je ne te force à rien, répliqua George en voyant qu'elle ne répond rien.

Sara fait un pas vers George, puis elle met ses bras autour de son cou et l'embrasse, George met ses mains sur sa joue pour continuer ce baiser.

Au poste de police.

Dans la salle interrogatoire, les trois kidnappeurs sont assis devant Sara tandis que George est positionné au fond, bloc-notes à la main.

— Bien nous avons là Caroline Kich, Mathieu Kich et Luvio Kich tous de la famille Kich…

Caroline est une belle fille, le corps fin, aux cheveux ondulés roux, les yeux d'un vert perçant et des taches de rousseur partout sur le visage, elle ne ressemble pas du tout à une tueuse en série. Comparé à ses frères Mathieu et Luvio, aux corps musclés, les cheveux bouclés roux, les yeux verts, comme leur sœur, mais leurs regards et leurs attitudes se rapprochent plus de tueurs en série.

— Bravo quel sens de l'observation ! dit Caroline.

Sara continue l'air de rien.

— Je vais interroger chacun d'entre vous individuellement.

Mathieu et Luvio sortent de la pièce.

— Caroline, dit Sara.

— Je vous en prie, ne nous faites aucun mal ! dit-elle en rejoignant ses mains comme pour prier.

— Caroline vous avez peur ?

— Oui… Je l'admets…

— Vous êtes prêtes à collaborer ?

— Oui.

— Pourquoi enlever des ados et les tuer ?

— Vous n'allez pas me croire…

— Je suis prête à vous croire.

— Le jour de la rentrée, les lycéens ont fait une énorme fête ce qui a fortement agacé mes frères et mon oncle, Ludo March. Ils ont décidé de kidnapper les élèves de Miraille qui étaient plus… Plus proches on va dire, je n'étais pas partante, mais Ludo m'a menacé avec un couteau, alors j'ai dit oui…

— Ton histoire tient à peu près la route, ce que je ne comprends pas c'est pourquoi avoir décidé de les enlever puis de les tuer ?

— Je n'ai jamais compris, mais ils disaient « ça fera peur aux ados, ils arrêteront… ».

— Très bien, où sont Kiara, Dims et Naila ?

— Je ne sais absolument pas, il se confie plus à mes frères qu'à moi, peut-être qu'un de mes frères le sait… Madame l'agent… Thomas, il est…

— Je l'ai sauvé.

— Tant mieux !

— Vous vous en sortirez, je ferai tout pour que vous évitiez une grande peine.

— Merci Madame.

— Appelle-moi Sara.

— Sara, ma mère c'est un monstre…

— Je sais, elle a tué votre sœur Flovia…

— Elle vous a dit pourquoi ?

— Elle était insupportable.

— C'est faux… Flovia a refusé de tuer Justine.

— Je ne comprends pas ?

— Elle a refusé et a fui… Luvio lui a tiré… dans le crâne… Et les autres l'ont félicité, vous y croyez-vous ?

— Non, c'est horrible…

Quelques larmes ruissellent sur les joues de Caroline, Sara s'approche et pose sa main sur son bras pour la réconforter.

Après 3 h d'interrogatoire, Mathieu et Luvio n'ont pas voulu parler. Sara retourne dans son bureau pour relire les notes prises lors des interrogatoires. George toque.

— Entre, dit Sara.

— Coucou, comment vas-tu ?

— Je vais bien merci et toi ?

— Oui.

— Que me veux-tu ?

— Le supérieur me dit de te dire que Caroline ne va pas en prison, elle va porter un bracelet électronique durant 6 ans, il te demande si celle-ci peut venir chez toi ?

— Oui bien sûr.

— Très bien, je vais lui dire.

— Tu veux me parler de quelque chose ?

— Oui. En fait, non, rien d'important.

Il se tortille les doigts tout en se balançant d'avant en arrière.

— George ?

— Bon, pourquoi tu fais comme si rien ne s'est passé ?

— Pour notre baiser ?

— Oui…

— George, c'était peut-être précipité. Tu es mon adjoint après tout…

— Tu rigoles ? Tu as fait le premier pas et tu me dis que c'était précipité ? Et qu'on ne peut pas être ensemble parce que je suis ton adjoint ?

— Oui ?

George lève les yeux au ciel.

— Sara, pourquoi joues-tu avec moi ?

— Je ne joue pas avec toi.

— Si.

— C'est juste que je ne sais pas.

— Tu ne sais pas quoi ?

— Si je fais les bons choix.

— Seul ton cœur le sait.

— Alors je vais l'écouter.

Sara se lève de son bureau pour se positionner devant George.

— Et que choisit-il ?

— Cela.

George et Sara s'embrassent longuement.

— Alors, tu es certaine cette fois, même si je suis ton adjoint ?

— Certaine.

Sara le regarde avec le sourire, George remet les cheveux de Sara derrière son oreille, avec un geste doux de la main puis il l'embrasse de nouveau.

Chapitre 7
Torture

— Thomas n'est pas revenu, tu penses qu'ils l'ont tué ? dit Naila.

— Naila ne tend fait pas, dit Kiara.

— On va tous mourir, Dims il est passé où ? demanda Naila inquiète.

— Non on ne va pas mourir, ils l'ont amené quand tu dormais, dit Kiara.

— Ça va être toi Kiara… dit Naila.

— Ça fait mal ? demanda Kiara.

— Tu souffres beaucoup.

— Génial.

— J'y pense, c'est peut-être comme ça que Coraline est morte.

— Sûrement, dit Kiara

— Je ne veux pas mourir ! dit Naila

— Moi non plus.

Un silence se fait puis Kiara relance la conversation.

— Tu penses que Dims va survivre aux coups ? demande-t-elle.

— Tu te fais du souci pour lui ! C'est mignon, avoue tu l'aimes.

— C'est vrai, il est mignon, attentionné, on traverse les mêmes choses… Oui, je l'aime.

— Je suis trop contente ! Tu vas lui dire ?

— Faudrait qu'on survive.

— C'est vrai oui.

Naila et Kiara sont toujours dans leurs pyjamas maintenant sales et troués, le kidnappeur ne leur a fait prendre aucune douche, ils peuvent uniquement se laver les dents. Depuis leurs arrivées et de plus en plus ces jours-ci, le kidnappeur a de plus en plus les mains baladeuses lorsqu'il torture les filles.

— Moi ce ne sont même pas les coups qui me font peur… avoue Kiara.

— Ce sont ses mains, termine Naila.

— Exactement, je me sens sale.

— Moi aussi, comme si…

— Tu sentais quelque chose sur ta peau.

— Exactement.

— J'espère qu'il n'ira pas plus loin.

— Je l'espère aussi…

La porte s'ouvre et le kidnappeur lance Dims au sol, Kiara se précipite vers lui. Elle le prend dans ses bras.

— Prépare-toi, Kiara, après c'est toi, dit le kidnappeur.

La porte se referme. Dims rouvre les yeux vers Kiara.

— Oh, Kiara, tu m'as enfin remarqué, dit-il dans un souffle.

— Je t'ai toujours remarqué.

— C'est vrai ?

— Oui.

Dims sourit, Kiara de même, les deux ados se regardent droit dans les yeux puis ils s'approchent l'un de l'autre et ils s'embrassent.

— Oui ! s'exclama fou de joie Naila.

Tous se mettent à rire.

— Y'a au moins un truc de positif ! dit Naila.

La porte se rouvre, l'homme attrape Kiara par le bras et l'amène.

Dans la salle de « Torture ».

— Bien au boulot.

L'homme enfile des gants. Il commence à frapper très fort Kiara qui se met à gémir de douleur. L'homme prend alors un couteau et il fait des entailles à Kiara sur l'avant-bras, elle gémit de douleur.

— Arrête de bouger !

— Vous me faites mal !

— Tu préfères que je te touche ?

— Non ! Pitié !

Des larmes coulent sur les joues de Kiara. L'homme pose sa main sur sa joue pour les retirer.

— Ne bouge pas où j'irai plus loin.

Kiara ne bouge plus, telle une statue, avalant sa salive un peu trop fort. Il passe sa main sous son tee-shirt et la remonte jusqu'à sa poitrine. Il pose ses lèvres sur celle de Kiara qui grimace et pleure.

— Arrête !

— Ce n'est pas toi qui décides !

— Mais vous me faites mal ! Pitié !

— Si ça, ça te fait mal, tu n'es pas prête pour la suite.

L'homme prend un taser et donne plusieurs coups de jus à Kiara pour pouvoir l'assommer, après plusieurs coups de jus, elle finit par s'évanouir, puis il ouvre la porte et se dirige là où il retient les ados, il ouvre la porte et jette à terre Kiara. Dims et Naila se précipitent vers elle.

— Vous l'avez tué ! cria Dims.

— Non, mais ne t'inquiète pas, ta chérie se réveillera… Un jour.

Il referme la porte.

— Il faut fuir, dit Dims.

— Comment ? Tout est fermé.

Naila regarde par terre, et décide de révéler le secret.

— Dims, faut que je t'avoue quelque chose.

— Oui ?

— Le jour où Thomas est parti, on a découvert une fenêtre et je pense qu'on peut sortir par là.

— Comment ?

— En crochetant la serrure.

— OK.

Naila lui montre la fenêtre. Dims regarde le système de verrou. Un cadenas. Il le saisit et tire dessus, mais sans succès.

— Tu aurais une barrette à chignon ?

— Oui.

Naila passe sa main dans ses cheveux et en ressort une barrette.

— Tu comptes faire comme dans les films ?

— Absolument.

Dims enfonce la barrette dans la serrure du cadenas et la fait bouger dans tous les sens. Sous le regard nerveux de Naila, qui fait des va-et-vient avec sa tête regardant Kiara puis Dims.

— Tu penses qu'il l'a tué ?

— Non, regarde sa poitrine, elle se soulève, dit Dims sans détourner le regard de son cadenas.

Un déclic retentit, le cadenas s'ouvre. Tous deux retiennent un cri de joie, Dims fait ensuite sortir Naila, puis il porte Kiara avant de sortir, ils courent le long de la grande route sans fin.

— Il faut aller à l'hôpital, dit Dims.

— Comment ? On ne peut pas, nous n'avons pas nos téléphones.

— Tu as raison.

— Allons dans la forêt pour réfléchir et pour essayer de réveiller Kiara.

— Bonne idée.

La forêt est sombre, ils trouvent une grotte et s'y installent, Dims allonge Kiara tandis que Naila cherche du bois.

— Réveille-toi Kiara, dit Dims en lui coiffant les cheveux d'un geste doux.

— J'ai trouvé du bois, on va pouvoir faire du feu pour cette nuit.

— Mauvaise idée Naila, il va repérer la fumée.

— Oui, tu as raison. Elle se réveille ?

— Je n'ai pas l'impression.

— Que va-t-on faire Dims…

— Le mieux serait que l'un de nous retourne en ville pour chercher Sara.

— Alors je vais y aller.

— Tu es certaine ?

— Oui, je préfère que tu protèges Kiara.

— Très bien, bonne chance !

Naila se lève et quitte la forêt, pour rejoindre la grande route, la nuit commence à tomber, Naila arrive enfin à l'entrée de la ville, le poste de Police n'est pas très loin. Il fait nuit noire, Naila passe la porte du poste de Police, la secrétaire lâche sa tasse qui tombe pour se casser dans un bruit sourd.

— Je veux voir Sara Mcligne c'est urgent.

— Bien entendu !

Sara arrive en courant, elle ouvre brusquement la porte et saute dans les bras de Naila.

— Naila ! Comment ?

— Pas le temps ! Kiara est en danger !

— Elle est où ?

— Dans la forêt, Dims est avec elle.

— Je te suis.

— Prenons ta voiture.

Sara et Naila montent dans la voiture, Sara allume son gyrophare et roule à toute vitesse. Dims entendant les gyrophares se rapproche de la route et fait de grands signes. Sara s'arrête sur le bas-côté, sort vite de la voiture et serre Dims dans ses bras.

— Où est-elle ?

— Là-bas, dit Dims en montrant du doigt la grotte.

Sara se dirige vers la grotte, avec l'aide de Dims, elle porte Kiara puis ils la posent sur la banquette arrière. Dims s'installe à l'arrière, il pose la tête de Kiara sur ses genoux. Naila monte devant avec Sara.

— Bien, maintenant, racontez-moi.

— On s'est échappé, ils sont bêtes, on a réussi à crocheter la serrure de la fenêtre, enfin Dims a réussi.

— D'accord, que vous a-t-il fait ?

— Il nous frappait, nous mutilait… explique Dims les mains tremblantes.

— Mes pauvres.

— Elle va s'en sortir Sara ? demanda Dims.

— J'en suis certaine !

À l'hôpital.

Sara a contacté tous les parents des enfants, tous sont arrivés avec le sourire, mais aussi avec une nuance d'inquiétude.

— Sara ! Où sont-ils ? s'exclama Nana.

— Ils sont tous là !

— Comment va Kiara ? demanda Dania.

— Elle est dans le coma…

Dania prend son amie dans les bras.

Le soir, Sara reste au duvet de sa fille, George l'a rejoint.

— Comment va-t-elle ?

— Toujours dans le coma…

— Ne t'inquiète pas. Elle va s'en sortir.

— J'espère tellement !

George prend Sara dans ses bras et lui pose un baiser sur le front.

2 semaines plus tard.

Les vacances de Pâques sont terminées, l'année scolaire peut reprendre.

Au lycée.

Avant de passer la porte Naila, Thomas et Dims se regardent. Kiara est toujours dans le coma. Puis tous trois entrent dans l'enceinte du lycée.

— Bonjour à tous et toutes les élèves du lycée ! Ici Nathan et Lori, nous sommes tellement heureux !

— Bien dit Nathan ! Naila, Dims, Thomas et Kiara sont vivants et sont revenus auprès de nous ! Nous allons pouvoir nous réjouir, mais malheureusement Kiara est dans le coma.

— On s'en fiche ! Meurs, sale vampire ! dit un élève.

Naila le fusille du regard.

— Maintenant Lori, laissons Thomas s'exprimer.

— Oui Nathan, Thomas à toi.

— Bonjour, vous pouvez traiter de tous les noms Kiara, mais pendant un mois j'ai été avec elle, elle nous a rassurés, nous a protégés, c'est la fille qui a été la plus courageuse. Et elle sera encore la plus courageuse que je connaisse, le kidnappeur est toujours en liberté, faites attention…

Quand Thomas arrive, Naila lui fait un câlin.

— Je suis fière de toi.

Deux mois s'écoulent et Kiara est toujours dans le coma, la vie a repris pour Naila, Dims et Thomas, mais jamais ils ne retrouveront une vie normale depuis, dix ados ont disparu. Un matin, Naila et Thomas sont partis se promener, mais quand ils atteignent le grand arbre, qui fait le croisement, ils voient…

— Mon Dieu ! cria Thomas.

— Je vais vomir ! hurla Naila.

Une marée de sang coule près d'eux. Naila tremblante appelle Sara.

« Naila tout va bien ?

Non c'est affreux, on est au grand arbre qui fait croisement et… et… du sang sort de l'arbre ! Ça nous a encerclés !

D'accord, j'arrive, commence à te calmer, Thomas, je compte sur toi pour la rassurer.

Comptez sur moi, dit Thomas.

Merci, j'arrive ».

Quelques minutes plus tard, trois voitures de police se garent et Sara sort de la voiture à toute vitesse en se dirigeant vers les deux ados.

— Tout va bien ? demanda-t-elle.

— Non… dit Naila.

— Vous pensez que ça peut être les dix ados ? demanda Thomas.

— Possible, écoutez, je comptais aller voir Kiara, Victor est là il va vous accompagner à l'hôpital, d'accord ?

— Très bien, dit Naila.

Sara pose un baiser sur le front de Naila. Elle se retourne ensuite vers son équipe.

— Bien on fouille cet endroit, le sang doit venir de quelque part et de quelque chose.

George se tourne vers Sara.

— Tu ne penses tout de même pas aux dix ados ?

— Je le crains.

Une heure après les recherches. Sara trouve les corps des dix ados déchiquetés et pendus aux branches des arbres. Elle plaque ses mains sur sa bouche et retient un haut-le-cœur. George arrive et il a la même réaction que Sara. Cette dernière laisse le contrôle à George puis elle part à l'hôpital. À l'hôpital, Sara se dirige vers la chambre de Kiara.

— Comment va-t-elle ? demanda Sara.

— Je ne sais pas, mais son état s'est amélioré, dit Chloé.

— Et Nika ?

— Eh bien…

— Ne me dis pas qu'elle est morte…

— Elle a bien failli mourir cet après-midi…

— Pourquoi ?

— Eh bien… on a voulu l'opérer pour lui retirer les morceaux qu'on a découverts ce matin…

— Quels morceaux ?

— De balle.

— Mais une balle ne laisse pas de fragments normalement ?

— Je ne sais pas comment Ludo les a faites, mais les balles qu'il possède font que dès l'impact avec la peau la balle lance des éclats de métaux. Comme si elle explosait dès l'impact avec le corps.

— Ça ne sent pas bon je me trompe ?

— En essayant de lui retirer les éclats, elle a comme fait une hémorragie, je pense que Ludo a bien réfléchi, car les éclats on ne peut pas les enlever, sinon elle mourra.

— C'est pas possible ! Il va payer ce type ! C'est grave si les éclats restent dans son corps ?

— Pour ce cas non, parce que si tu veux les éclats sont quand même petits après on lui donne un traitement pour que les éclats ne s'infectent pas, mais sinon elle pourra bientôt retourner à son travail et retrouver Ludo !

Chapitre 8
La menace

Dans la chambre d'hôpital de Kiara. Naila et Sara sont toutes les deux assises sur le lit de Kiara. Kiara est allongée sur le lit, elle a l'air si paisible endormie. Mais est-on vraiment paisible quand on est dans le coma ? Kiara est-elle en paix avec elle-même ? Ou se bat-elle avec la mort à chaque instant ? Personne ne le sait.

— Tu penses qu'elle va se réveiller ? demanda Naila.

— Je n'en doute pas un seul instant, tu sais elle est forte et elle ne nous laissera pas j'en suis persuadée, dit Sara.

— J'espère j'ai besoin d'elle…

Les lumières s'éteignent d'un coup, Sara et Naila sont plongées dans le noir, Naila prend la main de Kiara et Sara enlève le cran de sûreté de son arme. Est-ce une coupure de courant ? Ou le tueur ?

Les lumières se rallument après un certain temps, Sara regarde partout dans la pièce avant de s'arrêter sur un message en sang qui n'était pas là avant la coupure. *« Vous vous êtes échappés, les enfants qui vont être tués ce sera votre faute ! L/ F/J »*.

— Qu'est-ce que ça veut dire ! dit Naila.

— Ils veulent que vous vous rendiez. En vous persuadant que les morts seront votre faute.

— Mais pourquoi, qu'est qu'on leur a fait ?

— Rien justement, on ne comprend pas

— Ils continueront… Il faut se rendre… Ils continueront de tuer des ados…

— Non, il faut trouver une autre solution.

— Mais imagines c'est un de nous qui se fait tuer !

— Laisse-moi y réfléchir d'accord ?

— D'accord, mais s'il y a un meurtre, je partirais me rendre.

— Naila…

— Non je fais ce que je pense juste.

— Toi alors, tu as un caractère fort.

Sara fait la moue, Naila qui tient encore la main de Kiara commence à avoir les larmes aux yeux. Mais un événement va rendre le sourire aux deux filles, alors qu'elles allaient se lever, Kiara bouge les doigts.

— Elle a bougé ! s'exclama Naila.

Kiara ouvre doucement les yeux. Ses paupières se lèvent rapidement et s'abaissent plus longtemps que la normale.

Naila se lève d'un saut et va dehors pour aller chercher Chloé et pour appeler Thomas et Dims. Quelques minutes plus tard, Thomas et Dims arrivent devant la porte.

— Alors elle est réveillée ! demanda Dims, fou de joie.

— Oui !

Sara sort de la chambre.

— On te laisse avec elle, dit-elle.

— Merci Madame, remercia Dims.

Une fois Dims et Kiara seul.

— Kiara !

— Dims.

— Comment tu vas ?

— Je vais bien, on va dire.

— Tu m'as manqué !

— Toi aussi.

— J'ai cru que tu ne te réveillerais jamais.

Les larmes montent à Dims.

— Ne pleure pas Dims.

Kiara lui fait signe de venir. Elle l'enlace dans ses bras pour lui faire un long câlin dont les deux amis avaient besoin.

— Alors j'ai loupé quoi ?

— Pas grand-chose à vrai dire…

Dims lui raconte tout. Kiara a les larmes aux yeux, il s'empresse de lui prendre la main pour la consoler avant d'essuyer les larmes qui coulent le long des joues de Kiara.

— Ludo, ça craint qu'il soit encore en liberté… finit-elle par répondre

— Oui…

— Et on va aller se rendre du coup ?

— Ta mère a dit qu'elle réfléchit, mais Naila a dit qu'au prochain meurtre, elle irait se rendre.

— Elle a un de ces caractères !

Les deux amoureux rigolent.

— J'ai pas dû manquer aux gens du lycée…

— Je ne sais pas, mais tu nous as manqué tous les trois.

Dims embrasse Kiara, qui elle l'enlace dans ses bras. Kiara fait un sourire.

Le lendemain, Kiara peut aller au lycée. Quand les quatre amis passent la porte, tous les élèves sont là en train d'applaudir. Des pancartes qui disent *« Tu n'es plus la vampire, mais la championne ! », « Bravo à toi d'avoir survécu », « On a été horrible, on va se faire pardonner, on te le promet ! », « On t'aime ! »*… Kiara n'en croit pas ses yeux ! Les gens peuvent bel et bien changer ! Les larmes lui montent et les élèves lui foncent dessus pour lui faire un câlin.

— On ne veut pas que vous vous rendiez ! dit une élève.

— On le sait, mais on n'a pas le choix… On ne veut pas que d'autres élèves se fassent tuer de notre faute, dit Naila.

La journée se passe extrêmement bien, Kiara a vécu la meilleure de ses journées, une journée sans insultes, sans bousculades, une journée paisible, avec de la joie. Fini, ce harcèlement, qui aurait cru qu'il fallait que Kiara tombe dans le coma pour que les gens changent de comportement envers elle ? En fin de journée, la mère de Kiara est venue récupérer les enfants, et les a déposés chacun chez eux.

Le soir chez Kiara.

Sara prépare le dîner tandis que Kiara est assise à table avec du thé dans les mains. Kiara ne touche pas à son thé, elle a son regard dans le vide, elle réfléchit, elle réfléchit à un plan qui pourrait tout chambouler.

— Maman ?

— Oui, ma puce ? demande Sara sans détourner les yeux de sa préparation

— Je viens d'avoir une idée.

— Je t'écoute ?

— Si on se rend et que ton équipe et toi vous vous cachiez et quand ils se montrent vous les arrêtiez ?

Sara lâche son couteau des mains et se tourne vers sa fille.

— C'est une bonne idée, j'en parle à mes collègues demain et je te dirais.

— OK !

Kiara monte dans sa chambre puis appelle en visio Naila, Thomas et Dims.

DIMS : *Que se passe-t-il ?*

KIARA : *Je vous explique, j'ai proposé à ma mère de nous rendre.*

THOMAS : *Elle a dit quoi ?*

KIARA : *Je ne sais pas, parce que si vous voulez, je lui ai dit que son équipe se cachera et que quand ils se montreront, ils les arrêteront.*

NAILA : *Tu es sûre que ça marchera ?*

KIARA : *On verra.*

DIMS : *On se rendra quand ?*

KIARA : *Elle demandera à son équipe et elle me le dira demain !*

DIMS : *OK.*

KIARA : *Je vous laisse à demain.*

DIMS : *OK à demain.*

NAILA : *Bisous à demain.*

THOMAS : *Chao !*

Kiara raccroche.

Après le dîner, Kiara souhaite bonne nuit à sa mère puis se met dans son lit. Elle ne tarde pas à trouver le sommeil, cette journée a été riche en émotion !

Mais où suis-je ?

Kiara se tourne.

Mais c'est ma maison ! Un carreau est cassé ! *Quelqu'un est dans la maison !*

Kiara court vers la maison. Dès qu'elle passe la porte, elle change d'endroit.

La décharge ? Qu'est-ce que je fais là ?

Elle trouve une silhouette au sol, même de loin, elle reconnaît la silhouette de Thomas. Elle court vers lui avant de tomber à genoux, et chercher son pouls.

Thomas !

Il ne se réveille pas.

Thomas !

Il est mort.

Kiara se réveille en hurlant, un hurlement de terreur. Sara arrive alors en courant.

— Ma puce ! Qu'est-ce qui se passe ?

— Euh… J'ai refait un rêve qui semblait réel…

— D'accord, ça devient bizarre, j'espère que ce n'est pas prémonitoire.

— De quoi ?

Kiara ne comprend rien de ce que sa mère lui raconte. Elle est totalement perdue. Elle fixe sa mère en attente de réponses, d'explications.

— Des rêves prémonitoires ça veut dire que tu vois l'avenir dans tes rêves.

— Bah alors j'espère que ça ne va pas arriver.

Sara embrasse le front de sa fille avant de quitter la chambre. Kiara s'enroule dans sa couette, songeant au rêve qu'elle vient de faire, si sa mère a raison, si Kiara fait des rêves prémonitoires, Thomas est peut-être en danger ? Elle finit par se rendormir un moment plus tard.

Le lendemain, Naila sonne chez Kiara.

— Salut, Naila, ça va ?

— Bof, tu as des nouvelles de Thomas ?

— Non pourquoi ?

— Dims n'en a pas… Je m'inquiète, car ces parents m'ont dit qu'il n'était pas là quand ils sont rentrés.

— Tu penses qu'il est allé se rendre ?

— Non, il n'était pas emballé à l'idée de base.

— Je vais en parler à ma mère pour qu'elle lance un avis de recherche.

— Merci, Kiara, tu es la meilleure des amies !

Les deux amies se font un câlin.

En refermant la porte, Kiara colle sa tête à la porte en poussant un soupir, son rêve est donc bien réel ? Thomas est-il mort ?

12 h.

— Ma chérie, je suis rentrée.

— Maman, il faut qu'on parle.

— Que se passe-t-il ?

— Naila, Dims et moi on n'a plus de nouvelles de Thomas depuis hier soir.

— Il est peut-être allé se rendre.

— C'est ce que j'ai demandé à Naila, mais elle m'a dit qu'il n'était pas emballé à l'idée de base. J'espère qu'il ne lui est pas arrivé ce qui s'est passé dans mon rêve.

— Pourquoi ?

— Dans mon rêve, il est mort.

— Pourquoi tu ne me l'as pas dit !

— Tu me l'as pas demandé.

— Je vais retourner au poste lancer un avis de recherche.

Sara pose un baiser sur le front de sa fille et sort de la maison.

Quelques heures plus tard…

Le téléphone de Kiara sonne. Elle prend son téléphone et constate que le nom de sa mère s'affiche sur l'écran, un sentiment de peur mêlé à du stress arrive chez Kiara avant qu'elle ne décroche.

« Ma puce, assieds-toi.

— D'accord.

— On est à la décharge… Et Thomas est mort…

— Quoi ?

— J'arrive tout de suite ! »

Sara raccroche. Kiara tremble de tout son corps, mais arrive tant bien que mal à appeler Naila.

« Viens chez moi de suite !

— J'arrive. »

Kiara raccroche. Quelques minutes plus tard, Naila arrive en même temps que Sara.

— Bien les filles installez-vous s'il vous plaît.

Les filles obéissent.

— Que se passe-t-il ? demanda Naila.

— Thomas est mort…

— Quoi ! cria Naila en pleurant.

— Je sais, dit Sara en baissant la tête

— Mais pourquoi ?

— Je ne sais pas.

Kiara se leva et prit la parole.

— Je dois te dire quelque chose Naila.

Chapitre 9
Le « super pouvoir »

— M'avouer quoi ?

— Le cauchemar que j'ai fait la nuit dernière et bien… J'ai rêvé de quelque chose de vraiment étrange, j'étais à l'extérieur de la maison et les carreaux étaient cassés, on était rentré dans la maison par effraction, quand j'ai voulu passer la porte je me suis téléportée dans la décharge et c'est là où j'ai vu Thomas mort…

— Punaise ! Tu nous fais bien des rêves prémonitoires ! dit Sara.

— Un quoi ? demanda Naila.

— Un rêve prémonitoire c'est quand une personne fait des rêves qui vont se réaliser dans le futur.

— Mais Kiara depuis quand tu as ça ?

— Deux fois un avant que je me fasse enlever et l'autre hier soir.

— Ma puce, il faut consulter.

— Mais pourquoi ? Je ne suis pas folle !

— Je n'ai pas dit ça.

— Alors pourquoi tu veux consulter ?

— Les rêves prémonitoires pourraient te rendre folle.

— C'est pas parce que j'en ai fait deux que je vais en refaire.

— On ne sait pas.

— Madame, moi je pense que Kiara pourrait être un atout pour notre plan, si elle rêve du jour où on va se rendre, elle pourra nous dire si on réussit ou pas ou encore si quelqu'un risque de mourir on pourra le sauver pour ne pas perdre d'autres personnes chères à nos cœurs.

— Tu as peut-être raison, on ne va pas consulter, mais Kiara, promets-moi que si tu fais trop de rêves de ce genre tu me le diras.

— Promis.

Au bout de quelques heures, quelqu'un toqua chez Kiara.

Naila va ouvrir. Elle trouve Dims qui vient de pleurer sur le palier.

— Dims ?

— Thomas est mort !

— Je sais.

Dims fond dans les bras de Naila. Kiara arrive en courant vers les deux amis.

— Que se passe-t-il ?

Dims se relève, et dit :

— Thomas est mort !

— On sait…

— On a découvert autre chose sur Kiara.

— C'est-à-dire ?

— Je fais des rêves prémonitoires.

— C'est pas vrai !

— Si.

— Je vous laisse, je dois rentrer, dit Naila.

— OK, à demain.

Les deux amies se font un câlin puis Naila quitte le palier.

— Reprenons Dims.

— Les rêves prémonitoires c'est horrible !

— Pourquoi ?

— Mon père, il en faisait il savait qu'ils allaient mourir, mais ils l'ont quand même fait.

— Pourquoi !

— On pense, mais c'est une hypothèse que le rêve prémonitoire l'a rendu fou et qu'il a voulu surpasser le rêve, le défier si tu préfères.

— Il ne savait peut-être pas qu'il ne réussirait pas.

— Si, le médecin lui a dit qu'il perdrait la tête et croirait en des choses impossibles, et puis on ne peut pas défier le futur.

— Donc je vais devenir comme ça ?

— Pas si tu contrôles tes rêves.

— C'est-à-dire ?

— Si tes rêves commencent à être trop longs, il faut te réveiller sinon tu vas faire ce que mon père a fait.

— D'accord, je te promets d'être prudente.

— Merci.

— Kiara, on mange ! lance sa mère de la cuisine.

— Bon à demain !

— Oui, à demain.

Ils s'enlacent l'un l'autre avant que Kiara ne lui dépose un baiser furtif.

Il est près de 23 h, Kiara est allongée sur son lit, lorsqu'un bruit de carreau cassé se fait entendre. Kiara lève aussitôt sa tête *encore un moment de mon rêve ?* Kiara décide d'aller voir ce qui se passe, elle décide de passer voir sa mère, elle dort, Kiara commence à la secouer.

— Maman…

— Quoi ?

— Chut.

— Qu'est-ce qui se passe ?

— Il y a quelqu'un dans la maison, comme dans mon rêve.

— Appelle la police.

— D'accord.

Pendant que Kiara appelle la police, Sara cherche dans son armoire son pistolet. Elle retire le cran de sûreté avant de rejoindre sa fille.

Quelques minutes plus tard, la police arrive. Personne dans la maison. Sara est en train de parler à George, tandis que Kiara est assise sur les marches de son perron.

— Bon alors ? demanda Sara.

— Tu as bien un carreau cassé, mais pas assez pour qu'une personne puisse passer.

— Pourquoi avoir cassé un carreau ?

— Je ne sais pas, pour te faire peur et faire peur à ta fille.

— Ludo ?

— Possible.

— Dis-moi, il n'y a toujours pas de disparition signalée ?

— Non, aucune.

— Peut-être que Ludo et Flor ont arrêté ?

— Maman, souviens-toi de la menace que tu as eue avec Naila. Il y avait un L pour Ludo, un F pour Flor et un J.

— C'est vrai… Mais qui est J ?

— Je ne sais pas maman.

— Bon je repars au poste à demain.

— Oui à demain George.

Le lendemain, Kiara descend à toute allure les escaliers.

— Je pars au lycée maman, à ce soir, s'il y a un souci tu m'appelles.

— Ne t'inquiète pas, à ce soir.

La matinée est assez triste, tout le lycée est en deuil, ce n'est pas trop la forme.

Le midi. Naila, Dims et Kiara s'installent à une table isolée. La plupart des regards sont tournés vers eux.

— Je ne vais pas pouvoir continuer…

— Pourquoi tu dis ça Naila !

— Kiara, tu ne vois donc pas que c'est plus comme avant.

— Bien sûr que si sans Thomas rien ne sera comme avant, mais il faut continuer à se battre ! Il ne faut pas montrer que ça t'a touché, c'est ce que Flor et Ludo veulent.

— Je sais, tu es ma meilleure amie, mais Thomas lui je l'ai aimé et c'était comme toi une partie de mon cœur et là je viens de perdre une partie et je ne sais pas si cette partie pourra être réparée.

— Écoute, je sais, tu viens de perdre quelqu'un de très proche comme moi j'ai perdu mon père, je peux te comprendre, c'est douloureux ces périodes-là, mais je suis là, Dims est là et il est triste lui aussi.

— Je sais, je sais… Mais, tu vois, de me dire que j'aurais plus cette partie, ça me fait peur.

— Je te comprends, mais il faut que tu te dises que Thomas n'est pas mort en vain et tu dois te battre pour lui rendre justice.

— Tu as raison.

Naila sourit.

— Tu es la meilleure Kiara.

— Toi aussi Naila.

Chapitre 10
Le rêve qui remet en question

Le soir. Kiara a réussi à s'endormir tôt.

Où suis-je encore... Encore dans cette décharge... Tiens, voilà Naila, Dims et moi ?

Kiara s'approche de la scène.

Ludo, Flor ! Tiens, qui est le troisième, ça doit être ce fameux J ? Je vais me rapprocher pour écouter. Ludo fait un pas en avant.

— Bien, je vois que vous êtes tous là.

Naila s'approcha.

— Pourquoi avoir tué Thomas ?

— On ne l'a pas tué.

— C'est ça oui.

Flor s'avança.

— Kiara.

— Oui.

— C'est toi qui héberges Caroline ?

— Oui, pourquoi ?

— Elle est dangereuse.

— Pourquoi ?

— Je suis que quand ta mère nous a rendu visite, j'ai fait croire que c'était Ludo qui a tué mon autre fille, mais en réalité c'est Caroline.

— Impossible ! Elle nous a dit que c'était Luvio.

— Luvio, je l'admets, a tué des jeunes, mais Caroline en a tué aucun, mais quand Flovia a refusé de tuer, Caroline lui a tiré dans la tête.

— *Quoi !*

Minute de silence.

— *Alors on héberge une menteuse et un assassin !*

— *Oui.*

Mince ! Le rêve est trop long ! Il faut que je sorte du rêve !

Kiara se réveilla en sursaut. Sara arriva en courant.

— Maman, où est Caroline ?

— Dans sa chambre, pourquoi ?

— J'ai refait un rêve.

— Il disait quoi ?

— Il vaut mieux le dire à Dims et Naila.

Le lendemain, Naila, Dims, Kiara et Sara sont assis sur le canapé, Caroline est sortie.

— Bien, si je vous ai réunis ici, c'est parce qu'hier soir, j'ai fait un rêve. J'étais à la décharge, il y avait Naila, Dims, Ludo, Flor, un troisième sûrement le J de la menace et il y avait moi. Naila, Ludo et Flor n'ont rien à voir avec le meurtre de Thomas ensuite Flor m'a demandé si on hébergé Caroline, je lui ai dit que oui, elle m'a comme mise en garde contre elle, car apparemment Luvio n'est pas l'assassin de Flovia, mais Caroline serait l'assassin de Flovia puis mon rêve a duré trop longtemps donc j'ai écouté Dims et je suis partie.

Tous restèrent muets. Naila prit la parole.

— Tu crois que Flor dit vrai ?

— C'est vrai que Caroline était un peu trop collaboratrice, admet Sara.

— Je pense que Flor dit la vérité sur Caroline, dit Kiara.

— Et pour Thomas, tu en penses quoi, Kiara ? demande Dims.

— Ludo avait vraiment l'air sérieux et puis pourquoi vouloir nous rendre pour ensuite nous tuer avant qu'on ne se soit rendu ? dit Kiara.

Dims prend la parole.

— C'est vrai que ton explication est censée. Je dois vous dire quelque chose.

— Quoi donc ? demanda Kiara.

— Je sais décoder des messages.

— Comment ça ? demanda Naila.

— Le message qu'on a reçu avant de se faire enlever Thomas et moi, il y avait écrit à la fin NLEPSPR et ça voulait dire « n'ayez pas peur ». Thomas lui n'avait pas réussi à le décoder, lui, en revanche, a ressuscité son cochon d'Inde !

— C'est très bizarre tous vos « pouvoirs » sont apparus juste avant votre disparition, et toi Naila ? demanda Sara.

— Moi je suis allée défendre Thomas, je me suis pris des coups et j'ai frappé, jamais j'aurais fait ça.

— D'accord… Et je suppose juste avant que tu te fasses enlever ?

— Exact.

— Très bizarre… bien reprenons sur le rêve de Kiara, dit Sara.

— On fait quoi du coup ? demanda Naila.

— Je pense que se rendre est trop dangereux, je ne sais pas comment va se dérouler la suite de la rencontre… dit Kiara.

— Certes c'est vrai, mais tu ne penses quand même pas que Caroline va venir ou je ne sais quoi ? demanda Dims.

— Caroline peut débarquer à tout moment, Ludo peut nous tuer à tout moment, tu vois ? demanda Kiara.

— Oui je vois, dit Dims.

— Si tu veux, je peux faire arrêter Caroline et envoyer une équipe se cacher dans la décharge. Proposa Sara.

— C'est une bonne idée… dit Kiara.

— Je confirme.

— Oui.

— J'y pense ! Dims, tu pourrais décoder le J ? demanda Kiara.

— Mmmm… C'est un prénom, il pourrait y avoir des milliers de possibilités !

— D'accord.

Les trois amis sont tous d'accord, pour sauver les autres il faut se sacrifier.

Chapitre 11
Le sacrifice…

13 h.

— Bon les enfants, Caroline est enfermée et une équipe est sur place, courage à vous.

— Merci maman.

— S'il vous kidnappe, je ferai tout pour vous retrouver.

— Merci.

Les enfants partent de la maison de Kiara.

Arrivée à la décharge. Ludo, Flor et le fameux J se tiennent devant les enfants. Ludo fait un pas en avant vers eux.

— Bien, je vois que vous êtes tous là.

Naila s'approche.

— Pourquoi avoir tué Thomas ?

— On ne l'a pas tué.

— C'est ça oui.

Flor s'avance.

— Kiara.

— Oui.

— C'est toi qui héberges Caroline ?

— Oui, pourquoi ?

— Elle est dangereuse.

— Pourquoi ?

— Je sais que quand ta mère nous a rendu visite j'ai fait croire que c'était Ludo qui a tué mon autre fille, mais en réalité c'est Caroline.

— Impossible ! Elle nous a dit que c'était Luvio.

— Luvio, je l'admets a tué des jeunes, mais Coraline en a tué aucun, mais quand Flovia a refusé de tuer, Caroline lui a tiré dans la tête.

— Quoi ?

— Je sais…

Maintenant, je ne sais absolument pas ce qui va se passer, pense Kiara.

— Flor, de toute façon, Caroline est en prison, dit Kiara

— Tant mieux.

— Si vous le dites.

— Sinon on peut savoir qui est le J ? demanda Naila.

— C'est Jonathan, dit Flor.

— Qui est ?

— Secret !

Dims fait un pas en avant et dit :

— Ludo, pourquoi voulez-vous qu'on se rende ?

— C'est simple, quand je vous torturais, c'était pour ma machine.

— Quelle machine ? demanda Kiara.

— Grâce à votre sang, je vais faire fonctionner ma machine qui va me servir à développer une sorte de virus.

— Et pourquoi créer ça ? Et c'est quoi ce virus ? demanda Naila.

— Ce virus va rendre muets tous les ados !

— Vous n'êtes pas normal, dit Dims.

— Non, mais oh ! Vous me croyez en plus ! Vous ne pensez quand même pas que je vais vous le dire.

Kiara fait signe à Naila.

— Dims parle encore, chuchota Kiara.

— Ça marche, chuchota Dims.

Le temps que Dims parle, Kiara en profite pour dire quelques mots à Naila.

— Il va nous tuer, chuchota Kiara.

— Sûrement.

— Faut faire signe à l'équipe d'agir.

— Tu as raison Kiara.

Kiara se tourne et fait signe.

— Maintenant, manque plus qu'ils interviennent.

— Oui.

Plus le temps passe, plus Kiara s'inquiète. Ils *devraient déjà être là.* La panique s'installe, que feront-ils si l'équipe n'arrive toujours pas ?

Ludo prend la parole.

— D'ailleurs… Nika s'est réveillée ?

— Qu'est-ce que ça peut te faire ? dit sèchement Kiara.

— Je veux juste savoir.

— Bah tu ne le sauras pas.

— Très bien.

Kiara se tourne, *Mais que font-ils !*

— Kiara qu'est ce qui te préoccupe.

— Ce ne sont pas tes affaires Ludo.

Dims, Naila et Kiara se regardent.

Quelques minutes plus tard, toujours aucun signe de vie de l'équipe.

Ludo décide de passer à l'action. Il met sa main dans la poche de son pantalon délabré et en sort une boule verte, Flor et Jonathan courent à l'extérieur de la décharge, Ludo lance sa boule verte au sol et court rejoindre ses collègues.

— C'est du gaz ! Faut partir avant de tomber dans les pommes ! cria Kiara.

— Comment veux-tu faire ? Ils ont tous prévu, les portes sont…

Avant même de finir sa phrase, les trois amies s'évanouissent. Quelques heures plus tard. Kiara et Naila se réveillent dans un endroit sombre et humide.

— Non ! dit Kiara.

— Si…

— C'est pas possible.

— Où est Dims ?

— Il a peut-être filé !

— J'espère.

Chez Sara. On toque. Sara ouvre et trouve Dims totalement essoufflé.

— Dims ! Où sont les filles ? Tu vas bien !

— Les filles se sont fait avoir, l'équipe n'a….

Il n'a pas fini sa phrase, qu'il tombe dans les pommes, rattrapé de justesse par Sara.

Chapitre 12
Pris dans le sac

À l'hôpital.

— Chloé !

— Sara que se passe-t-il !

— C'est Dims, il est arrivé chez moi me disant que les filles se sont fait kidnapper et il est tombé dans les pommes.

— Très bien, on va le consulter.

— Et Nika ?

— Elle vient de se réveiller.

Sara court en ne prenant même pas la peine de répondre. Sara trouve Nika allongée, les yeux ouverts, cette dernière décoche un sourire en découvrant Sara arriver.

— Nika !

— Sara !

— Tu m'as manqué !

— Toi aussi, les enfants tu les as retrouvés ?

— Oui, mais malheureusement plein d'enfants se sont fait tuer, Ludo nous a écrit une menace quand Kiara était dans le coma…

— Quoi ? Elle était dans le coma !

— Oui…

— Je suis désolée, je n'étais même pas là…

— Tu étais aussi dans le coma, ce n'est pas ta faute.

Nika sourit.

— Bien, donc Ludo nous a menacés de continuer si les enfants ne se rendaient pas. Alors pour commencer, nous avons découvert que

Kiara avait le don de faire des rêves prémonitoires malheureusement dans son rêve elle a vu Thomas mort, au début elle a cru que c'était un rêve comme ça, mais Thomas est bel et bien mort exactement comme dans son rêve…

— Mon Dieu !

— Oui, donc les enfants sont allés se rendre et Dims a réussi à fuir et malheureusement Kiara et Naila se sont fait kidnapper.

— Je suis désolée ! J'aurais dû être là.

— C'est la faute de Ludo si tu étais dans le coma, rien n'est ta faute.

Du côté de Kiara et Naila.

— Dims n'est toujours pas là !

— Kiara, calme-toi je suis sûre qu'il va bien.

— J'espère.

La porte s'ouvre sur la silhouette de Ludo, cette fois il ne se cache plus.

— Bien.

— Ludo laisse nous partir !

— Non, Naila plus tard peut-être.

— Tu vas nous faire quoi, pourquoi tu t'acharnes sur nous !?

— Voilà une excellente question Kiara, premièrement je vous ai choisis, car vous avez des dons.

— Que veux-tu dire ? demanda Naila.

— Je veux dire que Kiara fait des rêves prémonitoires, que Dims sait décoder des messages, que Thomas savait ramener des gens à la vie et que toi Naila, tu n'as pas forcément de dons, mais tu es la plus courageuse et celle qui est prête à tous pour ses amis. Deuxièmement, je veux vous étudier.

— Attendez ! On le savait gros con ! cracha Kiara.

— J'ai une question ? dit Naila.

— Je t'écoute.

— Thomas peut-il potentiellement se ramener lui-même à la vie ?

— Possible.

Naila regarda Kiara qui elle ne s'extasie pas. Kiara, elle, est en réflexion *étudier ? Qu'est-ce qu'il veut dire par là ?* pensa Kiara.

— Mais donc, pourquoi nous étudier ? Pourquoi nous enlever et ne pas tout simplement demander l'accord à nos parents ? demanda Kiara.

— Kiara… je vais te le dire, demander l'accord à vos parents ? Mauvaise idée ! Ils ne sont jamais d'accord. Vous étudiez pour savoir comment vous avez fait pour posséder vos dons.

— D'accord, mais je ne comprends toujours pas pourquoi nous kidnapper et tuer des ados, demanda Kiara.

Naila lança un regard noir à Kiara. *Mais que lui arrive-t-il ?* se demande Kiara.

— Toujours avec tes questions toi, premièrement pour vous faire peur, deuxièmement pour vous trouver.

— Pour nous trouver ? demanda Naila.

— Oui, je savais que vous alliez être différent des autres.

— Donc vous êtes vraiment bien renseigné sur ce sujet ?

— Tout à fait Kiara.

— Vous savez que si on vous trouve, vous allez avoir de sérieux problèmes, dit Kiara.

— Je sais bien.

— Donc pourquoi avoir fait comme ça ?

— Parce que de toute façon, si j'arrive à le prouver, j'aurais fait la plus grande découverte scientifique, donc ils pourront me mettre en prison au moins j'aurais réalisé mon rêve.

— Comme vous voudrez, on va vous aider à une condition.

— Laquelle Kiara ?

— On vous aide si une fois fini, vous vous rendez et que Naila et moi on repart vivantes.

— D'accord.

Mentait-il ? pensa Kiara.

Au poste de police. Sara est en train de faire des recherches pour découvrir où peuvent bien être Naila et Kiara.

— Sara, j'ai réfléchi toute la nuit et je me suis dit que les filles pourraient être encore dans la décharge.

— Bonne idée Nika, on va envoyer une équipe.

Sara, Nika et son équipe sont devant la décharge. Sara fait un signe de la main et l'équipe entre dans la décharge.

— Vous pouvez fouiller chaque recoin, si vous avez trouvé vous bipez l'équipe.

Tous hochent la tête. Nika et Sara partent ensemble.

— Sara ne te fait pas de raison parce que ce n'est pas sûr qu'on les trouve.

— Je sais Nika, ne tend fait pas.

Nika sourit. Les deux amies commencent les recherches. Rien… Rien… rien… Et encore rien ! Cela fait deux heures que la patrouille est en pleine recherche, Sara et Nika s'avancent sous le panneau *privé.* Bingo ! Sara bipe deux fois pour mettre sa localisation et prévenir son équipe.

— OK, on y va !

— Police ! Ne bougez plus !

Quand Sara et Nika ont défoncé la porte, elles trouvent Ludo en train de prélever le sang de Naila et Kiara qui elles sont endormies. Ludo sursaute et lève les mains.

— Vous êtes en état d'arrestation pour meurtres et enlèvements de mineurs, dit Sara.

Sara attrape les poignets de Ludo avant de lui passer les menottes.

Une ambulance arrive pour transporter Naila et Kiara. Nika monte dans l'ambulance avec les deux filles, tandis que Sara fait monter Ludo à l'arrière de sa voiture, avant de l'emmener au poste de police.

Chapitre 13
Condamnation

Au poste de police.

Salle interrogatoire, Sara, George et Ludo. George se met à l'écart pour enregistrer la conversation.

— Bien Ludo, on vous a enfin attrapé.

— Bien vu.

— Bien, je pense que vous savez pourquoi vous êtes là.

— Si vous le dites.

— Vous êtes coupable de meurtres, d'enlèvements.

— Vous oubliez une chose.

— Laquelle ?

— J'étudie.

— C'est-à-dire ?

— C'est-à-dire que Kiara, Naila, Dims et Thomas ont des dons.

— Je sais, mais donc torturer Kiara jusqu'au coma c'est étudier !

— Non là j'avoue, je voulais m'amuser, mais je les ai repris pour pouvoir les étudier, mais vous et votre stupide équipe vous êtes arrivés !

— Certes, mais vous n'avez aucun droit d'étudier des enfants mineurs sans l'accord de leurs parents.

— Je le sais.

Pourquoi le faites-vous alors ?

Sara commence à perdre patience, Ludo essaie de reculer la discussion pour éviter de s'avouer coupable.

— Parce que je savais très bien que vous m'arrêterez donc j'ai préféré le faire plutôt que de me faire arrêter avant même de commencer.

— D'accord… mais pourquoi voulez-vous les étudier ?

— Pour voir pourquoi ils sont comme ça.

— Très bien.

Ludo pousse un soupir.

— Bien… Ludo, on va en discuter pendant ce temps, tu seras en prison.

— Très bien.

Dans le bureau de Sara avec George.

Sara fait les cent pas. George, quant à lui, écoute l'enregistrement de l'interrogatoire.

— Bon, tu en penses quoi de tout ce qu'il a dit ? demande Sara.

— Concrètement, je pense qu'il y a une part de vérité dans ce qu'il a dit.

— George, si on a eu tort de le couper en pleine étude ?

— Jamais !

— D'accord, il faut en parler aux enfants.

— Très bien vas les rejoindre et appelle-moi.

— D'accord.

George l'embrasse avant que celle-ci prenne sa veste et parte. Quelques minutes plus tard, Sara arrive à l'hôpital.

— Kiara, Naila, Dims, il faut parler.

— Parler de quoi maman ?

— De Ludo, on l'a interrogé avec George et je voudrais vous demander quelque chose.

— On t'écoute maman.

— Pensez-vous que Ludo doit continuer à vous étudier ?

Les trois amis se regardent. Kiara se mord la lèvre, Naila fait les cent pas, Dims lui, se tortille les mains. Kiara prend la parole en première.

— En vrai moi je n'ai pas envie.

— Pareille pour moi.

— Pareille.

— Très bien.

— Juste madame, pensez-vous que Ludo pourrait aider Thomas à se ranimer lui-même ?

— Je ne sais pas Naila, si tu veux j'envoie un message à George pour demander à Ludo.

— Merci madame.

Naila est embarrassée de poser cette question devant tout le monde. Naila veut à tout prix retrouver Thomas, mais les autres eux veulent faire comprendre à Ludo qu'il mérite la prison et de ne plus faire ces expériences, mais apparemment Naila est à moitié d'accord avec Kiara et Dims, elle veut qu'il arrête ces expériences, mais elle veut aussi qu'il continue pour voir s'il peut faire revenir Thomas. A-t-elle raison de penser comme ça ?

— George m'a répondu, Ludo te dit que tu dois penser fort à lui et le supplier de revenir.

— D'accord, merci Sara.

Sara hoche la tête et sourit.

— Je vous laisse les enfants, Nika et moi on nous attend au tribunal, tu viens Kiara ?

— À plus, les amis.

Kiara suit sa mère, laissant ses deux amis dans la chambre d'hôpital.

Au tribunal.

— Bien, maintenant que Madame Mcligne (Sara) a parlé, Monsieur March (Ludo), avez-vous quelque chose à dire ?

Ludo se lève.

— Eh bien, oui, je l'avoue, j'ai tué des ados, comme Sara l'a dit, je n'ai pas tué tout seul, comme elle l'a dit, il y a les trois enfants de ma sœur, ma sœur et Jonathan, vous pouvez me dire que je ne suis pas « coopérant » je m'en fiche, après je regrette d'avoir fait ce que j'ai fait à Kiara, Naila, Dims et Thomas, je sais qu'ils ne retrouveront pas une vie normale facilement, mais je voudrais m'excuser en particulier à Kiara, mais oui, Sara l'a dit je les ai de nouveau kidnappé pour pouvoir les étudier, car ils possèdent des dons !

La juge n'en croit pas trop ses yeux.

— Ludo excusez-moi, mais votre intervention est inutile. Vous n'avez fait que répéter ce que nous a dit Sara, vous vous êtes juste excusé, mais je voudrais que vous sachiez quand même que vos excuses n'effaceront en rien les enfants morts, celle de mes deux enfants, et la maltraitance que vous avez fait vivre à Kiara, Naila, Dims et Thomas, avant que vous ne tuiez ce dernier.

La juge est la mère de Justin et Justine qui ont été retrouvés dans le bateau. Elle est blonde avec les yeux bleus. Elle est assez petite.

— Madame la juge, je n'ai rien à voir avec le meurtre de Thomas.

La juge ignore la parole de Ludo. On voit bien que la juge est fière d'avoir en face d'elle ce meurtrier, de pouvoir le condamner comme il faut, et de lui faire regretter ce qui a fait.

— Madame Mcligne, si j'ai bien compris vous avez un témoin ?

— C'est exact.

Kiara arrive, et se place devant le pupitre, Sara se lève.

— Bien, Kiara, pouvez-vous répondre honnêtement à mes questions ? demanda Sara

— Je jure devant la cour et devant vous que je dirais la vérité.

— Kiara, quand Ludo vous a enlevé Dims, Naila, Thomas et toi, que vous a-t-il fait ?

— La première fois qu'il nous a enlevés, il nous a torturés, pour ma cause, il était tellement énervé contre ma mère, qu'il m'a torturé jusqu'à me faire tomber dans le coma, mais il a aussi abusé du corps de Naila et moi-même.

Ludo baisse la tête.

— Très bien, maintenant peux-tu me dire ce qu'il mérite ?

— Pour moi, il mérite la peine de mort. Si aujourd'hui cette peine n'était pas interdite j'espère que c'est ce qu'il aurait eu, enfin, pour moi tout ce qu'il mérite c'est la prison à vie.

— Très bien, merci.

— Moi et mes collègues allons prendre notre décision, merci de ramener l'accusé dans sa cellule.

La porte s'ouvre brusquement, c'est Naila avec THOMAS ! Thomas est vivant !

— Attendez ! Madame la juge, comme moi et vous tous le voyons, Thomas est revenu d'entre les morts, grâce à qui ? Grâce à Ludo, je ne dis pas que je suis pour lui, non il mérite ce qu'il mérite c'est un monstre, mais dites-vous qu'il pourrait être utile pour les médecins, c'est tout ce que j'ai à dire.

— Comment est-ce possible ?

Ludo se lève.

— Madame la juge comme je vous l'ai dit, ils ont des dons.

— Expliquez-vous !

— Kiara peut faire des rêves prémonitoires, Naila possède le courage surdimensionné, Dims peut lire des messages codés, Thomas peut ramener des êtres vivants à la vie et lui-même, dit Ludo.

— Merci de ramener l'accusé en prison.

Les personnes se lèvent et quittent la salle.

— Sara vient, dit la juge.

— Qu'y a-t-il ?

— Toute cette histoire n'a vraiment pas de sens !

— Je le sais bien, vous y croyez-vous ! Thomas est vivant.

— Oui, il y a ça, mais les dons, de ta fille et des autres, je sais qu'il a tué mes enfants et je suis d'accord avec Kiara, il mérite la mort, mais imagine quelques secondes si des enfants sont comme eux.

— Attends, tu ne vas pas me dire que tu penses le laisser partir comme ça !

— Non, tu rêves ! En liberté surveillée, avec un bracelet.

— Mais pourquoi ?

— Il pourrait voir s'il y a d'autres enfants avec des dons.

— Il a tué près de 30 gosses !

— Je sais.

— Et tu vas le mettre en liberté surveillée !

— Je sais.

— Tu es folle !

— Sara…

— Vraiment, fais ce que tu veux ! Laisse un assassin en liberté ! Le monde est fou !

— Sara…

Mais avant qu'Aurélie (la juge) n'ait pu finir sa phrase, Sara partit en claquant la porte.

Le lendemain de retour au tribunal. Au premier rang, Kiara et Sara à droite, l'accusé à gauche, derrière Sara et Kiara se trouvent Naila, Thomas et Dims se tenant les uns les autres la main.

— Bien, la cour peut s'asseoir, dit Aurélie en arrivant.

La cour obéit.

— Aujourd'hui je vais donner ma délibération, après les actes, les témoignages, j'ai décidé que l'accusé était coupable, et sa peine sera 20 ans de prison ferme et 1 an de travaux publics.

Des approbations s'élèvent dans la salle, Sara regarde Aurélie souriante et baisse la tête en signe de reconnaissance.

Le soir Sara organise un repas avec Dims, Naila, Thomas, Dania, Tom, Nana, Laura, Daniel, Nika. Les quatre ados sont dans la chambre de Kiara.

— Bon maintenant qu'on est tous de nouveau réunie, il faut qu'on reste soudé Flor et ce Jonathan sont toujours en liberté, dit Dims.

— À croire que cette histoire ne se finira jamais, dit Naila.

— C'est exactement ça, dit Kiara.

Chapitre 14
Le message codé

Pendant le repas.

— Ta soupe est excellente !

— Merci Dania.

Quelques heures plus tard, les invités se lèvent quand Tom et Daniel s'effondrent au sol.

— Papa ! s'écria Thomas.

Nika se penche sur Tom, met sa main sur le cou pour sentir son pouls, Sara limite.

— J'ai aucun pouls ! dit Sara.

— Moi c'est faible.

Sara se met alors à faire un massage cardiaque à Daniel.

Sara se bat pour refaire battre le cœur, elle a perdu son mari, et refuse de faire vivre cette vie à une autre famille. Quelques minutes plus tard, l'ambulance arrive. Les parents sont partis à l'hôpital tandis que Nika est restée pour veiller sur les ados.

— Qu'est-ce qui s'est passé ! dit Naila.

— La soupe a peut-être été empoisonnée, dit Thomas.

— Attend tu ne penses quand même pas que ma mère ait pu empoisonner la soupe.

— Non ! Ta mère est bien trop gentille.

— Mais qui ? demanda Naila.

— Allons voir dans la cuisine, dit Dims.

Les quatre ados vont dans la cuisine.

— Bien, il faut inspecter tout, dit Dims.

— C'est quand même bizarre, dit Naila.

— Qu'est-ce qui est bizarre ? demanda Kiara.

— Que mon père et le père de Thomas ont été empoisonnés et seulement eux.

— C'est vrai ça, dit Dims.

Ils commencent à fouiller quand Nika entre.

— Vous faites quoi ?

— On cherche des indices, dit Kiara.

— Des indices ?

— Oui.

— Très bien, je vous laisse les détectives !

Nika part de la cuisine.

Naila trouve la liste des ingrédients quelques minutes après sur le frigo.

– Citrouille ;

– Petit pois ;

– Sauce V tiroir droit ;

– ~~FL.. JJ. RD.USN… 16~~.

— Regardez ! dit Naila

— Bizarre…

— Dims c'est un message codé ! dit Kiara.

Dims s'approche de Naila et réfléchit.

— Flor, Jonathan, rendez-vous à l'Usine à 16 heures.

— Waouh ! dit Thomas.

— Alors, on sait que c'est eux qui ont fait ça à nos pères, dit Naila.

— On va y aller ? demanda Thomas.

— Franchement, tu es un fou ! Non je blague bien sûr que oui on y va ! Après ce qu'on a vécu, il est temps d'en finir ! dit Kiara.

Le lendemain, le père de Naila a pu sortir de l'hôpital ainsi que celui de Thomas. Les ados réunissent leurs parents dans le salon de la maison de Sara.

— Que se passe-t-il les enfants ? demanda Sara.

— Hier quand vous êtes partie à l'hôpital, on a voulu trouver des indices. On a trouvé ta liste d'ingrédients, maman. Cette liste n'était pas la bonne, elle venait en réalité de Flor et Jonathan. La sauce V qu'il y avait était du poison, maintenant, elle n'y est plus, enfin bref. En bas de la liste, il y avait écrit : « FL.. JJ. RD.USN… 16 », Dims nous l'a traduit : « Flor, Jonathan rendez-vous à l'Usine à 16 heures » donc on va y aller, expliqua Kiara.

— C'est hors de question, dit Dania.

— Je suis d'accord, dit Nana.

— Mais maman, Nana écoutez on a vécu des choses tous les quatre vous ne croyez pas qu'il faut en finir ? dit Naila.

— Bon… d'accord, mais à une condition : on vient.

— Maman ! dit Naila.

— C'est ça ou tu n'y vas pas.

— D'accord.

— Ne t'inquiète pas je donnerais une arme à chaque parent, dit Sara.

Naila hoche la tête.

— Sinon les amis, vous pouvez aussi vous asseoir, j'ai quelque chose à dire, dit Kiara.

Ils obéissent.

— J'ai fait un rêve.

Elle s'arrête, respire et puis dit.

— Aucun parent ne doit y aller, vous êtes tous morts… Naila, Dims, Thomas et moi y compris.

— Que veux-tu dire, chérie ?

— Dans mon rêve…

Chapitre 15
Le rêve fatal…

— Dans mon rêve et bien on était dans cette fameuse usine et puis Flor et Jonathan sont arrivés jusque-là tout va bien, jusqu'à que…

Elle s'arrête.

— Continue…

— Ludo est arrivé ! Il est arrivé et nous a tous tués !

— C'était direct, dit Naila.

— Mais pourquoi nous avoir tués, sachant qu'il veut nous étudier ? demanda Dims.

— Justement… c'est ça le hic, je me suis réveillée avant même qu'il se justifie.

— Ce n'est pas grave, personnellement j'irais, dit Sara.

— Nous aussi, dit Dania en regardant son mari.

Les autres parents hochent la tête d'accord avec Sara et Dania.

— Mais…

— Kiara, il n'y a pas de mais. On est vos parents, on ne vous lâchera pas, dit Sara.

15 h le moment du départ.

À 15 h 45 la troupe arrive à l'Usine.

À 16 h, Flor et Jonathan arrivent.

— Bien vous êtes venues, dit Flor.

— On s'est occupé de Caroline, dit Kiara.

— C'est bien.

On voit bien que Flor ne sait pas trop ce qu'elle fait ici, elle semble perdue jusqu'à ce que son regard se pose sur une silhouette, celle de Ludo qui arrive avec une arme à la main. Il sourit.

— Eh bien, il y a une réunion de famille sans moi ?

Kiara sachant son rêve jette un regard à sa mère, *serait-ce la dernière fois qu'elles se voyaient ? Serait-ce la dernière fois qu'elle verrait ses amis ?*

— Mon frère ! s'écria Flor.

— Continuez votre discussion, dit Ludo.

— Jonathan, tu as quel lien avec eux ? demande Thomas.

— Je suis le frère de Flor et Ludo.

— Donc c'est de famille de tuer ? demanda Kiara.

— Exactement.

— D'accord, dit Kiara.

— Bref, allons-en au fait ? Pourquoi nous avoir demandé de venir ? demanda Dims.

— Et bien tout simplement pour vous proposer un accord, dit Jonathan.

— Quel accord ? demanda Sara.

— Cela regarde vos enfants uniquement.

Sara lève les yeux.

— Donc quel accord ? demanda Kiara.

— Soit vous nous laissez vous étudier, soit vous mourrez.

Kiara sursaute en arrière, *alors, dans mon rêve, on a dû refuser.*

— On va en discuter, dit Kiara.

Le groupe enfants, parents se regroupent.

— On refuse, dit Thomas.

— Oui, mais regarde ce qu'il s'est passé dans le rêve de Kiara, dit Naila.

— Je sais bien, mais je refuse qu'il nous étudie, dit Thomas

— Je suis d'accord avec lui, dit Kiara.

— Les enfants écoutez, vos parents et moi on a des armes, ne vous en faites pas tout va bien se passer, dit Sara.

— D'accord.

Les ados se tournent.

— On refuse, dit Kiara.

— Vous êtes sûr ? dit Thomas.

— Oui, dit Dims.

Ludo sourit et pointe son arme sur Kiara, celle-ci serre les dents, elle serre ses poings, arrête de respirer, que va-t-il se passer maintenant ? Vont-ils tous mourir ?

Chapitre 16
La taupe

Les ados poussent des cris. Sara sort de sa poche un bouton de détresse, elle appuie dessus des centaines de fois avant de le remettre dans sa poche.

— Pourquoi vous nous faites ça ! s'énerva Kiara.

— Voilà une question intéressante, je vais te répondre. Vous ne voulez pas que l'on vous étudie, alors on se venge, dit Ludo.

— Comment vous êtes-vous échappés de la prison ? dit Sara.

— C'est assez simple, dans votre très chère équipe Sara il y a une taupe. Comment pensez-vous qu'on a su, que Kiara serait seule chez elle, que Naila serait seule que Thomas et Dims étaient amoureux des filles, qu'ils feraient tout pour elles, comment avons-nous su que Kiara, Naila, Dims et Thomas seraient seuls avec Nika quand Tom et Daniel étaient à l'hôpital… comment à votre avis, dit Ludo.

— Qui est-ce ? demanda Sara.

— Vous le saurez bien assez tôt.

— Que voulez-vous dire ?

— Que vos chers collègues que vous avez contactés et bien il y a la taupe.

— Vous comptez nous tuer ? demanda Naila.

— Ho ! J'y avais pensé, mais après de mûres réflexions j'en ai déduit que oui

— Mais pourquoi ? Vous voulez nous étudier et là vous vous voulez nous tuer, ça n'a aucun sens ! dit Kiara.

— Certes, mais vous me causez trop de problèmes.

— C'est plutôt culotté comme propos, dit Kiara.

— Et pourquoi donc ?

— C'est plutôt vous qui causez des problèmes, vous tuez des enfants, vous nous avez kidnappés et vous avez fait peur à la population… expliqua Thomas.

— Et grâce à moi tu es en vie.

— Certes, mais vous avez fait plus de choses mal que de bien, dit Thomas.

— Toujours réponse à tout toi, dit Ludo.

— C'est plutôt vous qui n'avez plus d'arguments.

Ludo lève les yeux, souffle en pointant son arme sur Kiara.

La taupe va-t-elle venir ? Que faire ? Partir ? Rester et affronter le danger ?

Quelques minutes plus tard, une voiture de police arrive. La taupe se trouve sûrement parmi les autres policiers. La troupe arrive en courant vers Sara, les ados et les parents.

— Tout va bien ? demanda Nika en arrivant suivi de George.

George regarde Sara puis Ludo avant de baisser la tête.

— George.

— Ludo.

Sara ouvre grand les yeux, encore sous le choc de sa découverte.

— C'est toi la taupe ! dit Sara.

George baisse les yeux.

— Oui…

— Comment ? Tu étais l'ami d'Éric ! Je t'aimais !

— Je sais… je t'aime aussi…

Sara serre les poings, colère et déception se mélangent dans sa tête. George, l'ami d'Éric, l'homme avec qui Sara partage ses sentiments, vient de la trahir…

George s'avance vers Ludo, il sort son arme à toute vitesse et tire dans la jambe de Ludo, qui lui tire dans la poitrine de George. George tombe à terre tandis que Sara fonce vers lui. Elle place ses mains là où le sang s'écoule, essayant de stopper l'hémorragie.

— Pourquoi ? demande Sara en sanglotant.

— J'ai honte d'avoir fait ça…

— Mais je ne t'en veux pas.

Sara s'efforce de sourire malgré la tristesse qui l'en empêche.

— Je ne veux pas te perdre… dit Sara.

Sara pose la tête de George sur ses genoux et elle lui caresse doucement la tête, les larmes coulent sur ses joues de Sara.

— Moi non plus…

Les dernières paroles de George. George est mort… Sara se relève, essuie ses larmes, elle fait signe à son équipe d'encercler les ennemis et c'est ainsi que Flor, Jonathan et Ludo sont arrêtés. Le procès des trois kidnappeurs est une vraie bataille sans merci.

Sara a dû se battre, se battre, pour rendre justice aux adolescents morts, justice pour la mort de George, justice pour la sécurité du village, justice pour le traumatisme de sa fille et ses amis. Justice, car personne ne mérite de mourir si jeune, personne ne mérite de se faire tuer, personne. Réellement personne.

Sara a réussi, elle a rendu justice.

Ludo est condamné à 25 ans de prison, Flor a 15 ans de prison, et Jonathan a 20 ans.

Chapitre 17
Reprise normale ?

Voilà 1 an que tout s'est arrêté.

Naila et Kiara sont passées en première tandis que Thomas et Dims sont passés en terminal.

Sara et Nika ont refait leur équipe maintenant que George nous a quittés, les équipes sont à refaire.

Ludo est mort, un prisonnier qui était dans la même cellule que lui l'a tué d'une manière rapide et sans douleur.

Jonathan est parti en hôpital psychiatrique. Il est devenu fou à cause de la prison.

Flor, quant à elle, est très respectée, elle fait ce que les gardes lui demandent de faire, la prison a eu un bon effet sur elle.

Sara a retrouvé l'amour. Kiara a maintenant une petite sœur, malheureusement, le nouveau père qui ne veut pas affronter un bébé a préféré partir.

On pourrait dire que la vie a repris son cours normal. Que personne n'est affecté par ce qui s'est passé, que le monde a oublié, que la population est passée à autre chose, mais c'est faux. Des familles ont perdu leurs enfants, la ville est affectée, personne n'a oublié. Encore moins Kiara, Dims, Naila et Thomas qui ont vécu l'enfer, ils seront à jamais traumatisés, eux, ils n'oublieront jamais.

Au lycée. Le groupe d'amis s'est rejoint à la cantine sur une table isolée.

— Thomas ? dit Kiara.

— Oui ?

— Ma mère est triste et, tu vois, je me suis dit pourquoi ne pas ramener mon père ?

— Si tu veux.

— Tu ferais ça !

— Bien sûr.

— Merci !

Thomas sourit.

— On se retrouve dans la cour à 17 heures.

À 17 heures.

— Bien…

Thomas leur explique la consigne.

Les quatre amis se mettent en ronde, se tenant la main, fermant les yeux, et tous pensent fort au père de Kiara, crient son nom puis une lumière aveuglante vient au milieu du cercle, cela ressemble à un spectacle de lumière, des lumières bleues, roses, jaunes, vertes arrivent et d'un seul coup, plus de lumière, mais une silhouette musclée, une silhouette d'homme, le père de Kiara. Kiara tombe, genoux à terre, les larmes aux yeux. Eric court vers sa fille.

— Papa !

— Kiara !

Et les deux s'enlacent.

— Tu m'as manqué.

— Pleure pas ma puce.

Quelques minutes plus tard, tous partent, Kiara fait signe à Naila et Thomas de revenir.

— Pourquoi ne ferait-on pas revivre les parents de Dims ? Ainsi que tous les ados morts ?

— Bonne idée !

— Papa tu nous aides.

Ils se remettent en ronde, de nouvelles couleurs apparaissent : du bleues, roses, rouges, jaunes, beiges, et les lumières s'éteignent, trente-deux silhouettes apparaissent.

— Thomas ? dit la mère.
— Vous nous avez fait revivre.
— Oui.
— Où est Dims ?

Les amis, Eric et tous les ados revenus à la vie conduisent les parents de Dims chez ce dernier. Ils sonnent. Dims ouvre puis tombe au sol, ses parents le prennent dans les bras. Dims aperçoit Kiara, Naila, Thomas et Eric et leur sourit.

Ensuite Eric, Naila, Kiara et Thomas raccompagnent les ados chez eux, les parents tombent au sol, ne comprenant pas comment cela est possible, alors les trois amis expliquent tout.

Une fois cela fait, Naila, Thomas et Kiara se saluent.

— Bon bah demain !

Ils s'enlacent tous dans les bras.

Kiara et son père se dirigent chez eux. Kiara ouvre la porte.

— Maman !
— Oui ché…

Sara porte ses mains devant la bouche et ses larmes coulent.

— Je suis revenu, je t'ai manqué ?
— Bien sûr que oui !

Puis ils se font un câlin.

— J'ai bien l'impression que tout est redevenu normal.
— Comment ça Kiara ? demanda le père.
— Ho c'est une longue, très longue histoire.

Kiara et sa mère se regardent et rigolent.

— Vous allez tout m'expliquer.

Kiara ferme la porte.

« Flash spécial, cette nuit les adolescents tués l'an dernier sont revenus, Thomas, ce jeune homme qui peut ramener les êtres humains à la vie, a décidé de faire le plus beau cadeau aux familles, ramener les enfants de ces familles à la vie. Notre ville ne sait comment le remercier. Est-ce le nouveau départ de notre ville ? De notre nouvelle vie ? »

C’est dans les moments les plus sombres que la lumière apparaît. Quand on pense que tout est perdu alors qu’il nous manque cette personne, pour nous montrer que rien n’est perdu, pour nous remettre sur le droit chemin. L’amitié et la famille nous donnent la force, la foi, elles nous font nous lever tous les matins, nous coucher tous les soirs, et nous donner un objectif dans la vie.

Ce que retiennent les quatre amis ? Qu’il faut rester soudé, que rien n’est perdu quand on s’accroche et que leurs proches seront toujours là pour les soutenir. Et que l’amour se trouve là où personne ne pense la trouver…

Remerciement

Tout a commencé avec un livre, un seul, celui de Harlan Coben *l'inconnu de la forêt,* c'était mon premier Thriller, celui qui m'a fait aimer cette catégorie. Je ne connaissais rien à cet univers, mais j'ai accroché, puis est née cette passion pour les Thrillers. Une idée par-ci, par-là d'en écrire un. Puis j'ai mis ses idées en œuvre, j'ai écrit une page, puis deux puis cent. Je suis partie d'un livre pour terminer par le mien. Je ne remercierai jamais assez ce livre de m'avoir permis d'écrire le mien.

Ce livre a été, une véritable aventure, entre les doutes, les critiques, le manque de confiance en soi, mais il a été rendu possible grâce, à ma famille et à mes amies qui m'ont soutenu durant toute cette aventure, sans jamais me lâcher, à me pousser pour donner le meilleur de moi-même. Mais cette aventure n'aurait pas eu de fin sans Le Lys Bleu Éditions, qui grâce à eux mon livre rencontre enfin une fin, et une nouvelle vie auprès de vous.

Je remercie également tous ceux et celles qui ont suivi mes aventures via Instagram, vous qui m'avez donné confiance en moi, vous qui m'avez soutenu tout le long, alors merci, merci à vous.

Je voudrais également remercier mon professeur de français de 3e, qui a eu la gentillesse de lire mon livre, de me donner son avis, et de m'avoir aidé à améliorer mon livre. Il a été à l'écoute de toutes mes questions, en me poussant aussi à donner le meilleur de moi-même.

Merci à mes deux amies qui tout le long de l'écriture ont été à mes côtés pour me donner des conseils, à m'aider pour améliorer mon texte encore et encore, et qui encore aujourd'hui lisent mes nouveaux romans.

Et enfin merci à vous, d'avoir choisi cet univers, de vous être transportés aux côtés de Kiara, Naila, Dims et Thomas. Merci d'avoir lu ce roman, merci d'être arrivé jusqu'à cette phrase. Merci de faire vivre encore et encore ce groupe d'amis.

C'est avec beaucoup d'émotions que je quitte cet univers, que je quitte les personnages, en les laissant grandir. Mais ils continueront de vivre à travers ce livre.

Merci à vous, merci à ma famille et mes amies, merci au Lys Bleu d'avoir rendu mon rêve possible.

C'est mon premier roman et ce n'est sûrement pas le dernier. On se retrouve bientôt pour un prochain roman de romance…

Imprimé en Allemagne
Achevé d'imprimer en novembre 2023
Dépôt légal : novembre 2023

Pour

Le Lys Bleu Éditions
40, rue du Louvre
75001 Paris

www.ingramcontent.com/pod-product-compliance
Lightning Source LLC
Chambersburg PA
CBHW062345010826
49168CB00024B/263

* 9 7 9 1 0 4 2 2 1 3 1 3 8 *